# MISÈRE DE LA PROSPÉRITÉ

*Paru dans Le Livre de Poche :*

L'EUPHORIE PERPÉTUELLE

LES OGRES ANONYMES

LA TENTATION DE L'INNOCENCE

LES VOLEURS DE BEAUTÉ

PASCAL BRUCKNER

# *Misère de la prospérité*

## La religion marchande et ses ennemis

GRASSET

*Pour Caroline.*

« O Dieu, montrez-moi l'ennemi. Une fois que vous avez trouvé qui est l'ennemi, vous pouvez le tuer. Mais les gens d'ici m'induisent en erreur. Qui me blesse ? Qui abîme ma vie ? Dites-moi à qui rendre les coups ? »

V.S. NAIPAUL, *In a Free State.*

# INTRODUCTION

# Le bal des ardents

Début janvier 2001, Alan Greenspan, président de la Banque fédérale américaine, inaugurait une première baisse des taux du loyer de l'argent pour réveiller une croissance assoupie et enrayer une menace de récession. Immédiatement le Nasdaq, l'indice des valeurs technologiques, qui chutait depuis des mois, remonta de plus de dix pour cent. Ce redressement spectaculaire donna lieu à des applaudissements debout à la Bourse de New York et l'émotion fut portée à son comble. Le grand argentier de la planète venait d'accomplir le miracle de la transsubstantiation du ralentissement en reprise. Même si le triomphe fut de courte durée, rarement séance boursière se rapprocha autant d'une cérémonie religieuse.

Dans la débâcle générale des croyances et des idéologies, il en est une au moins qui résiste et dont la vitalité ne se dément pas : l'économie. Elle a depuis longtemps cessé d'être une science aride, une froide activité de la raison pour devenir la dernière spiritualité du monde développé. S'engouffrant dans le vide des valeurs, elle ne prospère pas seulement sur la ruine des totalitarismes et du tout-politique, elle ambitionne désormais de reconstruire l'intégralité des sociétés humaines, de se hisser au rang de principe général d'action. C'est une religiosité austère, sans élans particuliers, mais qui, à l'intérieur de schémas et de modélisations sophistiqués, déploie une ferveur proche du culte. Ou plutôt c'est une ferveur enveloppée dans la rigueur. Contrairement à la célèbre formule de Marx, les eaux du calcul égoïste ne sont plus glacées, elles brûlent. La foi n'est jamais si dangereuse que dans les périodes de scepticisme quand l'esprit, désemparé, se saisit du premier objet pour y retrouver la fièvre perdue.

De cette ivresse, l'anticapitalisme actuel, en pleine résurrection, bénéficie pleinement : il est la messe noire d'une liturgie à laquelle il participe même s'il veut la renverser. Dans sa volonté d'exorciser les démons du marché, il est encore paré des atours de la piété, fût-ce une piété négative. Si l'idole ravit les uns et provoque la rage des autres, elle reste l'idole. La Bourse, dans sa dramaturgie chaotique de chutes et d'ascensions, est devenue le fanal de la Providence : selon que l'indice monte ou descend, c'est notre grâce ou notre damnation qui sont en jeu.

C'est à cette dévotion, me semble-t-il, qu'il faut s'arracher. Au risque d'encourir les foudres des experts de tous bords, j'interviens ici en profane pour d'autres profanes dans un domaine qui souffre d'être excessivement réservé et sacralisé. Rude métier à vrai dire que celui d'économiste ! Plus que tout autre, il devrait être soumis à l'obligation de la preuve. Vérifiables à la virgule près, ses prédictions ne sont pas plus fiables que celles de la météo ou de l'horoscope. C'est sur elles pourtant que s'édifient des politiques entières, que s'écrivent les programmes. Il est peu de professions qui cumulent un pareil taux de fautes et d'erreurs jamais sanctionnées ! Au-delà donc de la volonté de justice sociale et d'équité qui anime les plus généreux des contestataires, il s'agit d'abord de se soustraire à la *mythologie du capitalisme* qui unit tous les camps. Voici ce dernier entré peut-être, grâce à son triomphe, dans un nécessaire désenchantement. S'il n'est pas près de mourir ou d'être remplacé, il est en voie de se banaliser. L'économie était censée nous affranchir de la nécessité. Qui nous affranchira de l'économie ?

PREMIÈRE PARTIE

# L'ennemi utile

# Chapitre I

## Les cocus du paradis

« Imaginons un génie géant apparu il y a quelques dizaines d'années dans le ciel des Etats-Unis pour placer le pays devant une alternative redoutable : "Soit vous conservez votre situation économique actuelle et continuez à fonctionner de la même façon... soit j'ai une affaire à vous proposer ! Au début du siècle prochain, quelques-uns d'entre vous seront extraordinairement riches, la majorité verra son pouvoir d'achat augmenter et l'économie gonflera. Mais ce n'est pas tout. (Gloussements du génie.) L'autre partie de l'affaire que je vous propose est celle-ci : la sécurité de l'emploi disparaîtra, vos revenus seront moins prévisibles, il y aura davantage de disparités (...) et votre société se fragmentera. Vous travaillerez beaucoup plus et vous aurez de moins en moins de temps pour le reste (...) A vous de choisir !"»

Robert Reich, *Futur parfait*.

« Les capitalistes ne croient pas du tout au capitalisme. Ils croient au socialisme pour les riches. Ils veulent être sûrs que le gouvernement prend soin d'eux seuls et que les autres ne s'en rendent pas compte. »

Michael Moore.

Au lendemain de la chute du Mur paraissait dans l'*International Herald Tribune* un dessin extraordinaire : deux banquiers vêtus d'un épais manteau apostrophaient un mendiant vautré dans la neige et s'écriaient : « Nous avons gagné ». Singulier raccourci du malentendu qui a marqué ces années. Après 1989 en effet, le capitalisme s'est présenté aux yeux de l'humanité sous les traits du vainqueur radieux. Conjointement avec les Droits de l'homme, il allait enfin, en l'absence d'adversaires crédibles, répandre partout ses bienfaits, élever la planète à un niveau de civilisation inégalé. L'Europe et l'Amérique, toutes à la célébration de leur exploit, s'enfonçaient alors dans un assoupissement préjudiciable, à peine troublé par la guerre du Golfe et le conflit en ex-Yougoslavie[1].

Il fallut vite déchanter : non seulement l'économie de marché n'a pas tenu ses promesses, laissant au bord de la route des centaines de millions d'hommes, mais elle apparaît comme une simple machine à produire des biens sans autre finalité que plus de biens encore. Quand le capitalisme échoue, il nous révolte par les détresses qu'il entraîne ou maintient ; quand il réussit, il nous hérisse par une profusion de laideur et de pacotille. Entassement de marchandises superflues comme si le consumérisme effréné était devenu l'idéal ultime de la civilisation occidentale. Avec pour corollaire des individus centrés sur eux-mêmes,

1. Sur les chimères qu'a entraînées l'effondrement de l'URSS, sur une victoire qui allait nous coûter cher et placer sur nos épaules une responsabilité écrasante, je renvoie à mon essai *La Mélancolie démocratique*, Seuil, 1990.

faiblement concernés par le monde et ne voyant dans la politique qu'une annexe de la gestion des entreprises France, Allemagne, Italie, Espagne. Double mouvement : on en veut à la prospérité de n'être que la prospérité, c'est-à-dire triviale ; on lui en veut de ne pas s'étendre à tous. Non seulement les fruits du progrès ne sont pas équitablement répartis mais ils sont empoisonnés, nocifs en termes de gaspillage et de pollution. Près de treize ans après la ruine du soviétisme et puisqu'une certaine forme de chantage au monstre totalitaire n'est plus possible, le capitalisme fait l'objet d'une profonde ambivalence : il est le seul oxygène que nous respirions désormais, mais ses performances, ses reculs sont scrutés avec plus d'inquiétude que jadis. Nous le subissons autant que nous y consentons sans pour autant adhérer aux fables dont il enveloppe sa marche en avant.

## LES DAMNÉS DE L'ABONDANCE

Jamais en effet les disparités n'ont été aussi fortes sur un fond d'enrichissement spectaculaire. On connaît les chiffres dans leur redoutable monotonie (même si certains peuvent les contester) : malgré une forte croissance des pays en développement, 20 % des 6 milliards d'habitants sur terre subsistent avec moins d'un dollar par jour et un enfant sur quatre souffre de malnutrition dans le Sud. Si les avancées techniques ont permis de vaincre les famines, de juguler les principales maladies, d'allonger la durée de vie, si « la pauvreté a davantage reculé dans le monde durant les cinquante dernières années du XX^e siècle qu'au cours des 500 voire des 5 000 années précédentes[1] », il n'en reste pas moins que le revenu moyen en Afrique par habitant a dramatiquement chuté depuis les années 60. D'après la Banque Mondiale, 600 millions d'individus sont sans domicile fixe et si rien ne change d'ici à 2010, plus de 1,4 milliard d'habitants vivront sans accès à l'eau potable et au tout-à-l'égout. Enfin, en 1998 les 350 personnes les plus fortunées de la planète représentaient un patrimoine supérieur au revenu annuel cumulé de près de la moitié de la population du globe[2].

Les mêmes disproportions se constatent dans les pays développés : en 1969, Raymond Aron, reprenant et nuançant une prédiction de l'économiste américain d'origine autrichienne Joseph Schumpeter, estimait qu'en un demi-siècle, la croissance éliminerait d'elle-même la pauvreté des 20 ou 30 % de la population située au bas de l'échelle sociale[3]. Or, si depuis le début des années 90, le PIB a aug-

1. André Fourçans, « La Mondialisation est favorable au développement », (*Le Monde*, 4.09.01). Dans son livre *La Mondialisation expliquée à ma fille* (Seuil, 2001, pp. 202-203), le même auteur rappelle que le taux de pauvreté globale a, selon la Banque Mondiale, baissé de 9 % en vingt ans et que cette même Banque s'est fixé pour 2015 des objectifs ambitieux : réduire de moitié l'extrême pauvreté, diminuer la mortalité infantile des deux tiers, la mortalité maternelle des trois quarts, s'assurer que tous les enfants suivent une scolarisation normale.

2. Selon une enquête du PNUD citée par Jeremy Rifkin, *L'Age de l'accès*, La Découverte, 2000, p. 298.

3. Raymond Aron, *Les Désillusions du progrès*, Calmann-Lévy, 1969, pp. 366-367.

menté de plus de 20 % dans une contrée comme la Grande-Bretagne, le nombre des pauvres relatifs (c'est-à-dire par rapport au niveau de vie) y aurait augmenté d'un million dans le même temps. A la fin des années 80, l'ouvrier américain avait perdu le bénéfice de trente années de prospérité : « Le pouvoir d'achat de son salaire était revenu au niveau qui était le sien au tout début des années 60[1] » (Daniel Cohen). Et en 1998, les 2,7 millions d'Américains les plus fortunés possèdent autant que les 100 millions les plus pauvres[2]. Quant aux perspectives de rattrapage, elles seraient quasiment nulles : sur Internet, des jeux permettent de calculer le nombre de siècles que devrait vivre un smicard pour atteindre un an de salaire des plus gros[3]. Il y a quelques années, le gourou du management Peter Drucker estimait que l'écart tolérable des rémunérations devait se situer dans une échelle maximale de 1 à 20. Elle oscillerait plutôt de nos jours de 1 à 150 dans certaines entreprises, au risque, comme le disent les auteurs chrétiens, de rompre le sens de la communauté humaine et de voir le marché se détacher de sa base sociologique, les classes moyennes, qui redoutent de part et d'autre de l'Atlantique leur paupérisation et envi-

1. Daniel Cohen, *Richesse du monde, pauvreté des nations*, Champs, Flammarion, 1997, p. 67.
2. James Kenneth Galbraith : « Created Unequal », *The Crisis in American Pay*, The Free Press, New York, 1998. Cité par René Passet, *L'Illusion néolibérale*, Fayard, 2000, pp. 126-127.
3. Anecdote rapportée par Philippe Labarde, Bernard Maris, *La Bourse ou la vie*, Albin Michel, 2000, p. 122.

sagent avec terreur le spectre de la dégringolade[1].

On le sait, la prépondérance nouvelle des marchés financiers, la révolution technologique, le passage d'un capitalisme managérial à un capitalisme patrimonial où les actionnaires font la loi au détriment des salariés, expliquent en grande partie la situation. D'où la stagnation des revenus du travail, la déconnexion entre la croissance et le rythme des valeurs boursières, le grippage de la mobilité sociale, la fin du contrat noué après 1945 et qui assurait à chacun la garantie de l'emploi autant que la protection de la puissance publique. Comme si tous les acquis postérieurs à la Seconde Guerre mondiale avaient été gommés au profit d'une société plus froide, hostile aux faibles et souriante aux nantis. Comme s'il fallait tout recommencer, réinitier une nouvelle lutte pour la vie et la dignité. Retour à la case départ, aux balbutiements du mouvement syndical et ouvrier, mais sans les illusions qui portaient alors militants et

1. Jean-Paul Fitoussi : « La classe moyenne éclate sous le double effet de l'accession à la classe supérieure d'une minorité et d'un glissement vers le bas d'une proportion beaucoup plus importante ». « De la croissance des inégalités », (*Le Monde*, 30.3.01). Daniel Cohen note qu'aux Etats-Unis, au sommet de la hiérarchie, de 1970 à 1990 « le salaire des PDG passait de 30 à 150 fois le salaire des OS » (*op. cit.*, p. 67). Aux Etats-Unis toujours, malgré l'expansion des années 90, les revenus moyens ont à peine augmenté et 85 % des gains obtenus en Bourse furent perçus par les 10 % les plus riches. Quant aux indemnités sociales des personnes au bas de l'échelle, elles ont chuté plus vite que celles des autres groupes, notamment la couverture santé (Robert Reich, *Futur parfait*, Village mondial, Paris, 2001, pp. 116-117).

agitateurs. Retour d'un capitalisme dur, impitoyable aux inutiles, multipliant les emplois sous-qualifiés et peu rémunérés, système d'autant plus brutal qu'il n'est plus traversé par la perspective d'un au-delà meilleur. Entre riches et pauvres, les différences de revenus, comme au XIXe siècle, retrouvent peu à peu l'épaisseur de différences quasi métaphysiques comme si une théologie implacable sauvait les uns et rejetait les autres… Alors que la modernité en principe n'enferme personne dans sa condition d'origine et décrète nulles et non avenues les frontières de classe, de sexe, de race, de naissance, le mur de l'argent recrée inévitablement des barrières de caste. Rigueur, modération pour les salariés, tolérance et allégement d'impôts pour les privilégiés : c'est sur ce programme promettant une réduction fiscale de 1350 milliards de dollars sur 10 ans, dont environ 40 % profiteraient au 1 % des Américains les plus fortunés, qu'a été élu le candidat républicain George W. Bush à la Maison-Blanche en novembre 2000, après huit ans d'administration démocrate.

## L'ARISTOCRATIE DE LA RENTE

Pitié pour les nababs : ces derniers s'imposent comme les nouveaux rois de notre temps, se moquant des lois ordinaires, jouissant d'un pouvoir et d'un prestige démesurés, s'accommodant de tous les régimes pourvu qu'ils y vivent à leur guise. Qu'ils ressortent du showbiz, du sport ou de la finance, ils forment une élite transnationale qui parle le nouvel espéranto planétaire, le *wallish*, l'anglais de Wall Street, et habite le royaume envoûtant de l'opulence et du divertissement de luxe. Une aisance privée inconcevable voisine avec un dénuement affligeant ou des services publics déplorables comme dans certains pays anglo-saxons. Et tout cela au nom du vieux principe utilitariste du plus grand bonheur pour le plus grand nombre, « chacun comptant (en principe) de manière égale » (Jeremy Bentham). La théorie des miettes fait que des parcelles du pactole tombent de la table des plus huppés et contribuent sans conteste à l'amélioration indirecte du sort des plus démunis. Mais le fossé entre les uns et les autres s'agrandit. Le problème n'est pas économique, il est politique puisque la répartition des revenus dépend toujours de la répartition du pouvoir (John K. Galbraith).

Quant à la transparence toute relative des hauts revenus, présentée en France comme un progrès démocratique, alors qu'elle est de règle aux Etats-Unis où l'on est fier de dire publiquement ce que l'on « pèse », elle a aussi pour résultat d'écraser les petits sous le poids des honoraires faramineux de leurs dirigeants. Là où jadis un reste de scrupules poussait les dominants, surtout dans les pays de culture catholique, à la discrétion, voire à la tartufferie, c'est désormais le règne de l'ostentation. Nul besoin de se cacher, le peuple doit intérioriser l'écart qui le sépare des dieux de ce monde dont les gages ne sont pas toujours liés aux compétences ou aux performances. (En réalité, ce qui retient notre patronat de divulguer ses gains, c'est moins la pudeur que la crainte de paraître ridicule vis-à-vis de ses homologues anglo-saxons mieux payés.) En dépit des beaux principes du gouvernement d'entreprise[1] qui place les élus sous le contrôle des actionnaires, la monarchie des PDG a le cuir résistant et continue à pratiquer l'omerta. Partout le « capitalisme de copinage » exerce ses ravages, en Europe et au Japon, mais aussi en Amérique à travers le lobbying ou l'échange de services mutuels entre un particulier fortuné et un politicien influent qui se trouve admis peu à peu dans le réseau des possédants et finit par ne plus voir le monde qu'à travers leurs yeux et leurs soucis[2]. Il s'en faut donc de beaucoup que les plus méritants touchent les émoluments les plus élevés : « Si les marchés imposaient vraiment une discipline, les personnes qui travaillent dur ne seraient pas pauvres et les spéculateurs en général ne seraient pas riches » (James K. Galbraith)[3]. L'argent ne va pas au mérite mais à la puissance et au désir ; quiconque capte les désirs capte aussi les ressources. Adam Smith estimait qu'un travail ingrat ou dangereux devait être mieux payé, et l'utopiste français Charles Fourier que l'échelle des rémunérations devait être inversement proportionnelle à l'intérêt du labeur : très haute si ce dernier est pénible, très basse s'il est passionnant. A l'évidence nous n'avons pas suivi leurs conseils. Apprendre qu'un PDG touche 500 fois le salaire moyen de ses employés ou qu'un autre est rétribué l'équivalent du salaire de

1. Erik Izraelewicz en donne une description très éclairante dans son ouvrage *Le Capitalisme zinzin*, Grasset, 1999, pp. 210 *sqq.*
2. Ainsi que l'explique Robert Reich, ancien ministre du Travail de Bill Clinton, *op. cit.*, pp. 153-155.
3. *Courrier International*, supplément octobre 2000, n° 59.

15 000 ouvriers mexicains (comme s'en est indigné John Sweeney, président de l'AFL CIO, au printemps 2001 à propos de Jack Welch, ex-patron de General Electric), c'est remarquer qu'on a quitté depuis longtemps une simple logique entrepreneuriale pour entrer dans un rapport de type féodal[1]. Plus que jamais se vérifie l'axiome sadien selon lequel être riche, c'est d'abord se réjouir de ce que les autres n'ont pas, s'enchanter de ce que tant d'hommes soient privés de ce que l'on possède. C'est moins accumuler pour soi que soustraire à autrui. L'argent, c'est entendu, sert à acheter de la distance sociale mais pour mieux la marquer : il reste relié à ce dont il s'éloigne, il faut le spectacle repoussant de la piétaille pour se régaler de ne pas en faire partie. Nul besoin d'être grand clerc pour comprendre que les classes dominantes trahissent

1. Les PDG américains ont besoin d'être surpayés pour avoir le courage de congédier toute une entreprise, écrit Ira T. Kay dans le *Wall Street Journal*. Selon la centrale syndicale AFL CIO, « les PDG des trente sociétés ayant annoncé les plus nombreuses mises à pied ont vu leurs salaires, primes et compensations à long terme augmenter de 67,3 % » (Cité par Naomi Klein, *No Logo*, Actes Sud, 2001, pp. 306-307). Les patrons des plus grosses entreprises canadiennes ont obtenu en 2000 des augmentations de revenus, salaire brut, bonus et primes de 42,9 %. Et quand John Chambers, président du géant technologique Cisco dans une phase difficile, décide de réduire son salaire à un dollar symbolique, ce n'est pas sans avoir empoché 150 millions de dollars en stock-options (Pierre Jullien, *Le Monde*, 27-28.5.2000). On n'est plus ici dans une logique capitaliste classique mais dans une culture de la confiscation qui indigne certains milieux d'affaires et beaucoup de petits porteurs.

les règles qu'elles affichent, usent et abusent des protections pour conserver leurs rentes : les critiquer, c'est d'abord les rappeler à la norme du marché, au credo libéral qu'elles piétinent allègrement[1]. De là un malaise général face à un système qui ne cesse de violer ses propres lois, parle concurrence et produit des monopoles, chante la transparence et tolère des paradis fiscaux quand il ne les encourage pas dans le commerce entre Etats.

Et alors, objectera-t-on ? Qu'importe que le fossé augmente pourvu que les plus pauvres voient leurs revenus s'accroître ? Il faut retourner la question : pourquoi l'enrichissement général devrait-il toujours se traduire par un surplus d'inégalités ? Car depuis les Trente Glorieuses qui avaient donné à tous l'espoir d'une ascension rapide, c'est la tolérance aux disparités qui a baissé. La comparaison incessante des nations, des peuples et des catégories fait que tout se sait immédiatement et ne se supporte plus. Les dénivellations sont ressenties plus cruellement. *A quoi bon jouer le jeu si nous n'y trouvons pas notre intérêt ?* Ce qui a été accompli rend plus odieux encore ce qui a été perdu aujourd'hui ou ce

1. « Le management moderne des grandes entreprises a pour principale vocation, comme dans toute doctrine économique orthodoxe, la maximisation du profit. Mais (...) il a décidé de transformer le vieux principe en la maximisation de ses propres avantages. Avec la souplesse des conseils d'administration, il peut fixer sa propre rémunération, se doter de paquets d'actions et préparer son départ avec toutes les retraites ou indemnités qu'il lui semble bon » (John Kenneth Galbraith, *Pour une société meilleure*, Seuil, 1997, pp. 72-73, Edition américaine, Boston, 1996).

qui reste à faire demain. Sans possibilité de promotion, pas de démocratie ni de paix sociale. Si la petite bourgeoisie craint sa prolétarisation et la moyenne son déclassement, alors c'est tout le contrat social qui est brisé. Encore une fois, les défavorisés actuels le sont moins qu'il y a un siècle ou que leurs équivalents dans certains pays du Sud. Cela ne les console en rien : c'est vers le haut qu'ils regardent, vers les catégories les plus aisées. A partir d'un certain point, la pauvreté équivaut à la servitude, même si les taux de revenus nous semblent raisonnables : c'est qu'elle est un rapport social, elle est symbolique avant d'être statistique. La mesurer uniquement en termes de PNB, c'est commettre un contresens. Le dénuement est d'abord privation de libertés parce qu'il est « privation de capacités » (Amartya Sen)[1]. Il se traduit par l'humiliation, la difficulté ou l'empêchement de se soigner, d'éduquer ses enfants, de se projeter dans l'avenir, la gêne de se montrer en public, la condamnation à une certaine forme d'anonymat, d'obscurité. Et cette indigence relative par rapport au passé ou à d'autres

1. Les Noirs américains, bien que plus riches que la plupart des peuples du tiers-monde, ont une espérance de vie inférieure à celle des Chinois, des Sri-Lankais ou des habitants du Kerala, un des Etats les plus pauvres du sud de l'Inde, explique Amartya Sen. Si les inégalités sont plus accentuées aux USA qu'en Europe, on oublie que dans le Vieux Monde où les taux de chômage avoisinent les 10 %, les chômeurs, même correctement indemnisés, subissent des désavantages psychologiques et sociaux sur lesquels les statistiques restent muettes. (Amartya Sen, *Un nouveau modèle économique*, Odile Jacob, 2000.)

d'un certain nombre de mutations : non seulement la stabilité de l'emploi n'existe plus mais la polyvalence informatique a produit un nouveau stakhanovisme qui chasse les temps morts, comprime les tâches sur une même personne et place les employés sous tension[1]. De là, comme le notent tous les observateurs, l'usure très rapide des cadres et des dirigeants pour qui rien n'est acquis : toute somnolence sur le mol oreiller de la routine leur est fatale («on ne fait pas de vieux os sur les marchés» J.-M. Messier), la concurrence soumet tous les acteurs à des horaires exténuants, à des reconversions mentales acrobatiques. Alors que l'ancienneté devient souvent un handicap et que dans certains secteurs de pointe, le temps de compétence d'une personne ne dépasse guère, paraît-il, celui d'un top-model ou d'un athlète professionnel, seuls en réchappent ceux qui sont prêts à tout sacrifier – et d'abord leur vie privée. Comment s'étonner dans ces conditions que de plus en plus de gens en Europe (mais pas aux Etats-Unis[2]) soient séduits par le projet d'une réduction du temps de travail au profit d'autres modes d'épanouissement ? Même si le bureau, l'atelier, l'usine restent des lieux de vie commune, ce qui s'atténue, c'est le concept d'une carrière correspondant au niveau des diplômes,

1. Daniel Cohen, *Nos temps modernes*, Chapitre I, pp. 45 *sqq*, Flammarion, 2000.
2. « Héritage peut-être de l'éthique protestante ou du goût pour les valeurs matérielles, les Américains travaillent en moyenne 350 heures de plus par an que les Européens et les plus stressés en ce domaine sont les plus aisés, qui redoublent d'efforts pour conserver leurs revenus. » (Robert Reich, *Futur parfait*, *op. cit.*, pp. 126 et 240).

c'est aussi la vision classique du labeur comme patiente maturation et transformation de soi, coopération harmonieuse avec le temps pour devenir le meilleur dans une discipline. A la place prédomine l'idée de la besogne comme marchandise jetable, petits boulots que l'on accepte ou que l'on quitte sans états d'âme comme si l'emploi était devenu une part annexe de l'existence et la main-d'œuvre une simple variable d'ajustement. De là ce paradoxe : tandis que les classes laborieuses aspirent de plus en plus au temps libre, les hautes sphères se tuent à la tâche et brandissent le surmenage comme signe de puissance. En ce début du XXIe siècle, les masses adopteraient peu à peu le mépris aristocratique du travail alors que les élites embrasseraient avec délectation l'esclavage laborieux jadis réservé à la plèbe. Avec ce risque évident : en se réappropriant le travail, les maîtres se réapproprient aussi les destinées de la nation et finiront par entretenir tous les autres, réduits à l'état de serfs divertis.

Si l'on ajoute à cela l'ébriété boursière qui rebondit à chaque « dégraissage » et régule les humeurs au rythme du Nasdaq ou du Nikkei – si bien qu'on ne dit plus : Comment vas-tu ? mais Comment va la Bourse ? – on comprend que prédomine un sentiment d'insécurité générale. C'est peut-être cela qu'on baptise du terme imprécis de « mondialisation », tarte à la crème du débat contemporain[1] :

1. D'invention récente, « mondialisation », à cheval entre mondialisme et cosmopolitisme, est comme « virtuel », un mot qui n'a pas encore trouvé son sens. Si bien qu'on peut lui faire dire n'importe quoi : il se prête à toutes les exégèses.

le sentiment d'être soumis à une loi d'airain qui pèse sur tous sans être pour autant clairement formulée. Peu importe qu'il s'agisse là en grande partie d'une mythologie – la mondialisation, nous disent les historiens, était déjà très forte, voire plus forte à la veille de la Première Guerre mondiale[1] – : même fausse, une perception partagée par des dizaines de millions de personnes devient vraie. Prédomine alors l'impression d'être dépossédé de son destin, d'être en butte à des puissances considérables, réelles ou fantasmées, qui nous contraignent sans que nous puissions leur échapper. La contraction du temps et de l'espace induite par les nouvelles technologies entraîne l'abolition des distances qui nous protégeaient des lointains, l'impossibilité de répondre aux agressions du dehors. La mondialisation, c'est d'abord un changement d'échelle, d'intensité, de célérité. Elle traduit ce moment historique où la terre prend conscience de ses limites et les hommes de leur interdépendance écrasante. L'univers cesse d'être l'espace commun de leurs échanges pour devenir le lieu de leurs tourments réciproques : pareils à des guêpes enfermées dans une bouteille et qui n'ont d'autre solution pour survivre que de se piquer. Puisque tout communique et que rien ne

1. Selon Elie Cohen, le monde n'est pas plus ouvert qu'il ne l'était à la veille de la Première Guerre mondiale. « En 1991 le niveau relatif d'exportation de capitaux de 1915 n'avait pas encore été atteint. » Quant aux multinationales, elles restent largement déterminées par leur ancrage national. Les firmes globales peuvent se compter sur les doigts d'une main. (Elie Cohen, « Mondialisation et souveraineté », *Le Débat* n° 97, novembre-décembre 1997, pp. 24-27.)

sépare les peuples les uns des autres, sinon quelques heures d'avion ou de train, nous sommes privés de l'éloignement nécessaire à toute relation. Intolérable proximité du village global, là même où il faudrait rétablir des écarts, des intervalles pour que chacun retrouve sa place. Nul désormais n'est à l'abri. Les lieux les plus sûrs, les plus retirés sont déjà contaminés. La menace peut frapper partout, à tout instant, sous forme de catastrophe écologique, nucléaire, chimique, terroriste. Nous en savons assez sur les autres pour nous méfier d'eux ou les ridiculiser, pas assez pour les aimer ou nous sentir solidaires de leurs épreuves. L'ouverture promise par la modernité – la possibilité merveilleuse de sortir du local, de la famille, du pays natal – se résout en un nouvel enfermement. Non pas élargissement de l'horizon mais appréhension de l'horizon comme clôture. Nous voici condamnés en quelque sorte à partager le globe avec six milliards de nos congénères.

*La mondialisation, c'est d'abord la mondialisation du doute quant à ses bienfaits* : elle entraîne un mimétisme flou qui se propage avec la rapidité de l'éclair et colporte les bonnes comme les mauvaises nouvelles. Et si le mieux-être profite d'abord aux favorisés, le ressac frappe tous les pays sans distinction. Nous voici submergés sous des réquisitions abstraites : se moderniser, se libéraliser, s'arracher aux habitudes, à la routine pour être les mieux placés dans la course. Autant d'ordres que la « mondialisation » nous impose au prix de grandes souffrances. S'il fallait la caractériser d'un mot nous dirions : *similitude de condition sans communauté de destin*. Quand on sait qu'à peine 10 % de la population du globe produit et consomme 70 % des biens et services ; qu'en l'an 2000, 65 % des êtres humains n'avaient pas le téléphone, 40 % pas l'électricité, sans parler du fossé informatique – un internaute pour 2 000 personnes en Afrique subsaharienne, un pour trois aux Etats-Unis – on comprend que dans mondialisation, il y a un mot de trop, c'est « monde », alors qu'elle laisse en déshérence des pans entiers de la planète. D'où le caractère fluide de la nouvelle contestation dont le vague fait aussi la richesse : il est clair que le but de ce mouvement, en dépit des apparences, est moins de combattre la mondialisation que de la réaliser. Jouer des mêmes armes qu'elle pour l'emmener ailleurs, l'achever, loin de cette caricature d'universel qu'elle reste pour l'instant, et accomplir enfin cette unification du genre humain que s'étaient proposée les Lumières.

## UN FATALISME ENJOUÉ

Une occasion historique formidable a été perdue lors de la chute du Mur, alors que notre capacité de rendre cette planète un peu meilleure et plus humaine était à notre portée. Toutes les barrières politiques, militaires ayant été levées, le champ des possibles paraissait immense. Mais nos sociétés, ivres de leur suprématie, ont sombré dans une mortelle fatuité, oubliant, comme certains d'entre nous l'avaient dit à l'époque, que la chute du communisme n'était pas la victoire de la démocratie mais la défaite de l'un de ses adversaires.

Prévaut depuis l'idée d'un formidable marché de dupes : l'éden proclamé a tout d'un purgatoire, les merveilleux lendemains ont tourné à la dépression post-totalitaire. Le credo libéral si séduisant : ne pas appauvrir les riches mais enrichir les pauvres, connaît quelques ratés. *Nous avons été floués* : comme si la fortune, implacable divinité, exigeait son lot de sacrifiés. D'autant qu'il s'agit toujours en économie de « victimes propres », objets de mécanismes abstraits, anonymes, pour lesquels nul n'est responsable[1].

Sur ce tableau d'ensemble, la nouvelle économie (dont on a enterré un peu vite la fécondité) est venue poser au tournant du siècle la touche supplémentaire de l'idylle : s'appuyant sur la république des actionnaires (12 % des ménages en France, 70 % en Amérique[2]), elle a privilégié l'autonomie et la convivialité. Elle entendait incarner, avant le krach, le stade ultime de la libre entreprise ; initier, grâce au Net, une croissance indéfinie, un cycle vertueux débarrassé de tout risque de crise. Elle se voulait *fun*, sympa, divertissante, inaugurer une sorte de *funky business* qui aurait réconcilié le travail, le jeu et le rythme. Nouvelles entreprises « cool » où le sourire et l'humour font partie des arguments de vente : tu seras peu payé mais tu auras le droit de tutoyer

1. Jean-Pierre Dupuy, *Le Sacrifice et l'Envie*, Calmann-Lévy, 1992, p. 21.
2. Lester Thurow, économiste au MIT, explique que 90 % des revenus boursiers aux USA ont été engrangés par à peine 10 % des ménages les plus aisés, tandis que 60 % des Américains n'ont retiré aucun bénéfice de la hausse des marchés vu qu'ils ne possèdent pas d'actions (J. Rifkin, *op. cit.*, p. 56).

ton patron, de venir travailler en skate-board ou en jeans[1]. Cette euphorie qui s'est inversée depuis en dépression avait tout d'un ultimatum : suivez-nous ou disparaissez. Terrorisme de l'inéluctable : l'Histoire a tranché, il faut s'en accommoder. Une nouvelle ligne de partage oppose les archaïques aux novateurs, les branchés aux ringards, les connectés aux déconnectés. Les prolétaires de demain seront bien sûr hors-ligne, hors de la terre promise du cyberespace.

Car la nouvelle économie, dont l'originalité se situe dans la conception des biens plutôt que dans leur fabrication (Daniel Cohen), se contente, comme l'ancienne, de redistribuer autrement gagnants et perdants : si elle donne à la « caste électronique » et à des gens très jeunes la possibilité d'accéder au statut de « millionnaires minute » (à l'été 2001, plus de 80 000 auraient déjà disparu dans l'effondrement des valeurs Internet), si elle relance l'innovation, elle laisse derrière elle, comme à chaque changement du capitalisme, son lot de sacrifiés pour qui l'avenir a forcément le visage du malheur. Elle a surtout prouvé qu'elle était avant tout un acte de foi et mis en évidence le caractère irrationnel de la « science » économique. Le plus inquiétant dans cette situation, c'est peut-être le désarroi des experts : ils ont beau

1. L'entreprise Thales (ex-Thompson) préconise le tutoiement au sein de ses équipes, mélangeant ainsi relations personnelles et hiérarchiques, faisant des supérieurs les faux amis de leurs subordonnés. Cela rappelle l'habitude américaine d'appeler tout le monde par son prénom et de donner ainsi l'illusion d'une intimité immédiate que l'indifférence ultérieure se charge de corriger.

aller chercher auprès de la morale, de la politique, de la philosophie de beaux principes pour nous faire admettre la validité du bouleversement actuel, ils manifestent un singulier mélange d'ignorance et de suffisance. Inaptes à comprendre la conjoncture, ballottés, tout comme de vulgaires pékins, par les yoyos boursiers, ils savent tout, ne prévoient rien, se trompent souvent et paient rarement les pots cassés. Leurs aimables divagations n'auraient aucune importance si elles n'étaient assenées avec le sérieux et l'autorité d'un Panzer. Comme si l'économie mondiale était un bolide fou fonçant à l'aveuglette dans le brouillard avec la bénédiction de grands prêtres multipliant vœux pieux et formules propitiatoires. (Certains courtiers de Wall Street s'attachent les services de prêtresses vaudoues afin de « nettoyer leurs sites des forces maléfiques ».) De là le pathos contemporain qui est celui d'un *fatalisme enjoué* : il faut accepter l'ordre supérieur du marché, ne rien faire pour l'entraver. Lui seul sait ce qui est bon pour nous-mêmes, même si au premier abord cela paraît désagréable : des maux qu'il procure sortira toujours un bien. Telle est la sainte loi des Ecritures !

Nos sociétés n'ont plus l'excuse des régimes communistes pour justifier leurs manquements ou leurs imperfections. C'est désormais à l'aune de leur idéal qu'il faut les confronter. Or, comparé à ses principes, notre monde reste indigne. Tout l'enjeu des années à venir est là : si le capitalisme détruit les conditions de notre adhésion à sa logique, s'il entre en conflit avec ses propres valeurs nous promettant un bien-être, une liberté qui ne viennent pas, il perd la classe qui l'épaule et l'a porté au pouvoir. Et s'il perd la bourgeoisie, la classe majoritaire aujourd'hui en Occident, il se perd lui-même et met en péril tout l'édifice démocratique. Les oscillations pendulaires du jugement économique, passant de la félicité hystérique à l'accablement, ne feront rien pour le rendre plus populaire[1]. Ce qui s'éteint lentement depuis 1989, c'est la brève histoire d'amour que les Européens et surtout les Français avaient nouée avec le capitalisme à travers les performances des Trente Glorieuses (et que Mitterrand avait concrétisée en réconciliant la gauche avec l'entreprise à partir de 1983). S'il reste le seul système en piste, il s'en faut de beaucoup qu'on l'admire. On s'en accommode mais on ne l'aime pas, quels que soient les efforts des uns et des autres pour rendre la potion moins amère. On ne le déteste pas non plus, on s'y résout, sans illusions, et c'est sur ce dégrisement que devraient s'appuyer les nouvelles radicalités plutôt que de rejouer l'improbable scénographie du Grand Soir.

---

1. Le capitalisme devient impopulaire, affirmait en septembre 2000 le *Financial Times*. Selon *Business Week*, 72 % des Américains pensent que le pouvoir excessif des entreprises fait peser une menace sur eux, 95 % estiment que la maximisation des profits pour les actionnaires est dangereuse à long terme pour la nation entière (cité par Favilla, *Les Echos*, 14.9.2000). De part et d'autre de l'Atlantique, la mondialisation est perçue comme un phénomène qui favorise les élites du technopouvoir, non les populations. Le système économique « est de nouveau menacé par un conflit d'intérêts d'une violence extrême. On peut aller jusqu'à dire que la logique du marché mondial, telle qu'elle s'exerce aujourd'hui, nous condamne à un conflit entre les intérêts du capital et ceux du travail ». Ce n'est pas un illuminé gauchiste qui écrit ces lignes, c'est Jean-Marie Messier. (*J6m. com*, Le Livre de Poche, 2001, p. 153).

## Chapitre II

# Vers une nouvelle résistance ?

> « Le capitalisme doit soutenir son procès devant des juges qui ont déjà en poche la sentence de mort. Ces juges se préparent à la prononcer, quels que soient les arguments invoqués par les avocats, le seul succès que puisse enregistrer une défense irréfutable consistant à faire modifier l'acte d'accusation. »
>
> Joseph SCHUMPETER,
> *Capitalisme, Socialisme et Démocratie.*

Comment éviter dans ce contexte que n'éclate une ère nouvelle de révoltes dont Seattle a constitué le coup d'envoi et Porto Alegre le coup d'éclat ? Mais ces protestations ont ceci de nouveau qu'elles n'offrent aucune solution autre que la critique permanente, sans esquisser le schéma d'un univers différent. Elles ressemblent à un homme qui se taperait la tête contre un mur pour l'attendrir à défaut de creuser une porte pour le franchir. « Comment peut-on être anticapitaliste ? » se demandait en 1997 une revue de réflexion, ce qui prouve que la question ne va plus de soi[1]. Car l'hostilité au système augmente à mesure que les souvenirs du soviétisme et de ses ignominies s'effacent ; elle va en s'intensifiant puisque le capitalisme, à défaut d'alternatives crédibles, pèse sur les destinées du monde à la manière d'un *fatum*, même s'il est loin d'être réalisé partout. On ne lui fait crédit d'aucun bienfait, on porte à son débit toutes les nuisances. Mais ce Léviathan qu'on fustige à longueur de colonnes reste à bien des égards une abstraction. On peine à mettre un nom sur le malaise – « mondialisation » ne fait pas un ennemi très crédible – et l'accusation doit recourir à l'usage immodéré des superlatifs : on rejette l'hyperlibéralisme, l'hyperbourgeoisie, l'hyperterrorisme, la superpuissance américaine, comme si l'ajout d'un préfixe valait pour explication et précipitait l'objet ainsi désigné dans la catégorie du monstrueux. Mais y a-t-il une vie après l'« hyper », le « super », le « post » ? On proteste de nos jours contre des acronymes sans visage, l'AMI, le G8, le FMI, l'OMC, les OGM, la Banque Mondiale, et non plus seulement contre des classes ou des personnes. C'est peut-être le pire : ne pouvoir identifier et nommer son mal est une souffrance supplémentaire puisqu'elle nous rend incapables de nous mettre à distance de lui.

1. *Recherches*, Revue du Mauss (Mouvement anti-utilitariste dans les sciences sociales), n° 9, premier semestre 1997.

## LES IMPASSES DE L'ANATHÈME

De là que renaisse de façon débridée à la gauche de la gauche comme dans la droite extrême la rage critique. C'est un alcool d'autant plus fort qu'il ne débouche sur rien de concret, s'épuise souvent dans la hargne, dans un tête-à-tête stérile avec l'objet de son aversion. Car pour l'instant du moins l'« antimondialisation » est un discours qu'on oppose de façon conjuratoire à la méchanceté des choses : les propositions concrètes restent balbutiantes, sinon l'appel rituel à manifester, chaque fois que les grands de ce monde se réunissent quelque part sur la planète. Comme si de la religion on avait banni la dimension de l'espérance pour ne garder que celle de la malédiction : on piétine cet univers profane que rien ne peut profaner, on se veut les comptables moroses de l'enfer contemporain. On est loin de la modération qui prévalait au lendemain de 1989 et qui avait en France, sous l'influence tardive de Raymond Aron, érigé rigueur et modestie en règles d'or du discours intellectuel. On s'abandonne jusqu'à la nausée au bonheur de pouvoir dire du mal de cette société afin d'en exorciser toute l'amertume, on ressort l'artillerie lourde antifasciste toujours utile quand on est à court d'arguments. Nous voici repartis, pour reprendre un terme sartrien, dans la déconnade totale.

En ce domaine, la palme revient à Viviane Forrester qui, en assimilant « l'horreur économique » aux camps de concentration de la Seconde Guerre mondiale et en prévoyant des « génocides clefs en main » de la part des maîtres du monde[1], a fait sauter un verrou essentiel : celui du sens commun. Le capitalisme ne serait ni plus ni moins que le frère jumeau du nazisme, son double présentable dont il réaliserait enfin le programme d'extermination cinquante ans après l'échec de ce dernier. Dans la brèche ainsi ouverte, la métaphore nazie s'est multipliée, nous ramenant aux pires périodes de l'affrontement Est-Ouest. C'est un psychiatre, Christophe Dejours, qui, dans son ouvrage *Souffrance en France*, écrit une page nouvelle dans l'histoire du révisionnisme en assimilant les cadres dans l'entreprise à des « collabos » participant aux côtés du patron à l'oppression des employés comme de nombreux Allemands collaborèrent à la liquidation des Juifs[2] ! C'est Danièle Mitterrand affirmant à Prague, pour la commémoration du dixième anniversaire de la Révolution de velours (1989) que la disparition du totalitarisme communiste avait ouvert la voie à un fléau pire encore : le « totalitarisme libéral » imposé au monde entier[3]. C'est la Confédération paysanne soupçon-

1. « Jamais l'ensemble des humains ne fut aussi menacé dans sa survie » ! (Viviane Forrester, *L'Horreur économique*, Fayard, 1995, p. 164).
2. Invoquant les mânes de Hannah Arendt et son fameux ouvrage sur le procès Eichmann, Dejours écrit : « Par banalisation du mal nous n'entendons pas seulement l'atténuation de l'indignation face à l'injustice et au mal, mais au-delà, le processus qui d'une part dédramatise le mal (...) et qui d'autre part mobilise progressivement une quantité croissante de personnes au service de l'accomplissement du mal et fait d'elles des "collaborateurs" » (*Souffrance en France,* Seuil, 1997, pp. 196-197).
3. Cité par Jean-François Revel, *La Grande Parade*, Essai sur la survie de l'utopie socialiste, Plon, 2000, p. 353.

nant « les multinationales apatrides » de véhiculer « une philosophie fascisante ». C'est le sous-commandant Marcos qui fustige le « fascisme libéral » (*Le Monde diplomatique*, août 2000) dont relève quiconque ne se tient pas à ses côtés (tel un Octavio Paz qui eut l'outrecuidance de le critiquer). Pour ce génie de la guérilla médiatique qui parle de lui à la troisième personne, comme Alain Delon, la mondialisation est « la quatrième guerre mondiale au service du marché néolibéral ». C'est encore un écrivain à succès, volontiers provocateur, qui dans un roman tout empreint d'un dandysme de la dérision – je ne suis pas dupe du système ni de ma contestation du système – compare la publicité à la propagande de Goebbels sans soulever plus d'objections[1]. Comme toujours, la référence apocalyptique permet de faire l'économie d'une explication et d'une action. Le blâme est d'autant plus délirant qu'il a cessé de mordre sur le réel. Les pires extravagances sont passivement reçues. Convergence de l'énormité et de l'apathie. Le maximalisme va de pair avec le fatalisme : si nous sommes étranglés dans une cage d'acier, il n'y a plus rien à faire sauf nous réfugier dans la montée aux extrêmes, dans l'intempérance verbale. On cesse de penser quand on veut se soustraire aux contraintes du langage, disait Nietzsche.

Plus généralement, s'en prendre au Grand Capital et à ses « légionnaires idéologiques » (Susan George),

---

1. Frédéric Beigbeder, *99 francs*, Grasset, 2000. L'auteur, lui-même expert en marketing, fait preuve d'un humour et d'un sens de la dérision dont sont dépourvus ses commentateurs, sérieux comme des commissaires politiques.

c'est d'abord en France vider une querelle de famille, élargir des problématiques nationales aux dimensions de la planète. C'est avant tout charger la gauche officielle, coupable du crime de réformisme et de compromis avec le libéralisme honni. On vitupère les « nouveaux chiens de garde[1] » omniprésents dans la bulle médiatique mais il ne s'agit que de tracer une ligne de démarcation : entre eux les pourris, les galeux et nous les purs, les authentiques. (On a raison de souligner la dépendance étroite qui lie la presse dite « libre » à ses propriétaires et aux grands groupes de communication, avec les risques de censure qui en découlent ; on ne devrait pas oublier toutefois que le pire ennemi de la vérité ce n'est pas « le mensonge mais les convictions » (Nietzsche). Si tant de journaux militants ou de « la gauche de la gauche » sont à prendre avec des pincettes, c'est que l'engagement de leurs rédacteurs les pousse souvent à dissimuler les aspects de la réalité qui ne cadrent pas avec leurs « convictions » c'est-à-dire avec leur idéologie.)

Notons ce fait très particulier du retour farcesque de 1968 contre les anciens soixante-huitards eux-

1. Ecrits avec verve et talent, *Les Nouveaux Chiens de garde* (par Serge Halimi, Raisons d'agir, 1997) auraient pu être un catalogue ravageur des vanités sociales (dans la lignée d'un La Bruyère) montrant ces messieurs-dames de la presse, des lettres et des arts qui se ruent à la télévision pour y délivrer leurs messages. Las ! L'auteur, ne craignant pas le ridicule, termine son pamphlet par le *Chant des partisans* et l'évocation de la résistance française contre le nazisme ! Où va se nicher le besoin de distinction ! Il est vrai qu'on a les résistances qu'on mérite : quand le risque est nul, il faut bomber le torse, forcer dans la grandiloquence !

mêmes, l'envie pour ceux qui sont nés trop tard de rejouer en comédie ce qui fut déjà un plagiat d'autres événements historiques. Triomphe de la génération perroquet qui reproche à ses aînés d'avoir trahi leurs idéaux et s'en veulent, eux, les vrais héritiers, promoteurs d'une nouvelle résistance. La *posture de la radicalité* redevient un *must* chez ceux qui ont raté les années 60-70 et brandissent l'anticapitalisme comme un nouvel étendard, d'autant plus valorisé qu'il n'est plus obéré par les contre-modèles désastreux de l'Union soviétique et de ses satellites. Ce n'est pas la foi qui a résisté à l'échec, c'est l'échec du socialisme réel qui impulse une foi nouvelle, vierge de toute concession à des régimes douteux. Retour en force des girouettes idéologiques : on voit ainsi d'anciens gauchistes, convertis au libéralisme sous Reagan, revenir sur le tard à l'anticapitalisme de leur jeunesse, prêts pour un nouveau tour, experts en retournements de veste dans tous les sens en attendant la prochaine apostasie.

Elle est étrange à vrai dire, cette attirance pour la figure du rebelle qui hante plus spécialement artistes, journalistes, intellectuels, écrivains, politiques. Il faut y voir bien sûr une des *valeurs refuges du narcissisme contemporain* à une époque où le consensus nivelle les individus et les camps et les rend tous semblables. Elle trahit aussi la nostalgie d'un temps où l'homme de plume, le peintre, le savant, le musicien tiraient leur lustre d'entrer en conflit avec les pouvoirs établis. Alors le génie solitaire, affrontant la bêtise de ses contemporains, produisait des chefs-d'œuvre dans la réprobation générale, émettait des théories scandaleuses qui jaillissaient sous le double auspice de la clandestinité et de la persécution. Créer, c'était toujours attenter à l'ordre du monde, briser les clichés de la langue, de la représentation, de l'harmonie, ouvrir une brèche dans un univers confit de certitudes afin « de faire avancer le chariot récalcitrant du peuple » (Kandinsky).

Le rebelle réconcilie deux images valorisantes : celle de l'homme d'exception qui s'élève au-dessus de la masse, celle de l'homme de bien qui met ses talents au service d'autrui, se sacrifie pour son bonheur. Il conjoint élitisme et sainteté et convertit la persévérance d'une forte personnalité en oblation faite à l'humanité entière. Voilà pourquoi les vrais séditieux sont si rares : il faut pour endurer la calomnie, la réprobation, le mépris, la prison, une trempe qui n'est pas donnée à tous. Il y faut une quasi-folie, la certitude orgueilleuse d'avoir raison contre le monde entier. Enfin, la modernité a érigé en règle d'or la religion de la désobéissance puisque son événement fondateur, la Révolution de 1789, a instauré une coupure radicale entre l'ancien et le nouveau. Du savant martyrisé qui récuse les vérités officielles au peintre affamé qui fraye un chemin inédit à son art, au milieu des sarcasmes et des lazzis, la subversion est devenue une double garantie de nouveauté et d'authenticité.

### Avare, prodigue, cupide

L'avarice est la maladie de la rétention, la prodigalité celle de la dilapidation. La première est l'amour de l'argent comme moyen absolu qui dépasse toutes les fins : aucune jouissance ne peut l'égaler puisqu'il les contient potentiellement toutes. Le grippe-sou n'accumule les billets, les pièces d'or que pour s'interdire d'en profiter, certain que son magot tel qu'il est ne pourra jamais le décevoir en raison même de son abstraction (Georg Simmel). Qu'on l'écorne d'un centime, c'est comme si on l'amputait, on l'écorchait vif. Il est sa fortune beaucoup plus qu'il ne la possède, elle fait partie intégrante de son être.

Le prodigue à l'inverse ne cesse de souligner chaque jour par une dépense effrénée à quel point l'argent lui est indifférent. Aucune fête, banquet, aucun achat coûteux ne l'arrêtent. Au moment de jeter les deniers par la fenêtre, il guette le regard admiratif, extasié des autres qui le consacrent en généreux. Il tente de les persuader que le vil métal le laisse froid et fustige la pingrerie de ses congénères, leur petitesse financière. Mais son insistance de grand seigneur à débourser tant et plus prouve qu'il n'est pas complètement détaché de l'objet de son mépris. Lui-même n'en a jamais fini avec ce faux dieu, ses largesses sont trompeuses, il est engagé dans un interminable règlement de comptes. L'avare et le prodigue sont frères en contradiction : comme l'a bien vu Georg Simmel, ils sont les deux faces d'une même médaille, ils déifient également l'argent, l'un en le thésaurisant, l'autre en le gaspillant. Econome ou viveur, ils sont les enfants d'un même père.

Quant au cupide, en dépit de son image négative, il est le vrai héros du capitalisme, il cultive son gain de façon méthodique et rationnelle. Homme insatiable peut-être mais homme d'une seule passion, constant et prévisible, il convoite des chiffres dont l'addition vertigineuse le met en joie, déclenche en lui une excitation inépuisable. Opération boursière, OPA, rachat, fusion, il vit en état d'effervescence, au rythme des décharges d'adrénaline. L'argent à ses yeux est un ventre d'une fécondité inépuisable, une substance qui soulève le monde, accède à la beauté du colossal. Et comme il n'est pas de quantités qui ne puissent être dépassées, son ardeur ni son labeur ne connaissent de limites. Chasseur d'improbable, il noue de nerveuses romances avec les cours et les cotations, flaire les millions potentiels et pour chaque risque encouru connaît la volupté extraordinaire de la déchéance ou de la gloire.

L'avare est personnage de l'économie statique, le prodigue de l'économie ostentatoire, le cupide de l'économie florissante. Nous sommes un peu des trois : il nous arrive de mégoter pour une somme dérisoire, de flamber sur un coup de tête, d'entasser avec une avidité sans merci. Il est heureusement d'autres rapports plus apaisés, plus indifférents au veau d'or. Mais pour ses adorateurs, l'argent n'est pas seulement un mal qui fait du bien et un bien qui fait du mal, ce fumier sur lequel poussent les fleurs de la civilisation, pour reprendre une image de Zola : il est aussi une consolation merveilleuse. Tant qu'on s'occupe à le gagner, à le garder, à le gâcher, il absorbe toute l'énergie, se suffit à lui-même, donne un sens parfait à la vie. Il est habité de puissances trop considérables pour souffrir la moindre concurrence. Comme le savait l'Eglise, il est le seul rival de Dieu, capable comme lui d'embrasser la multiplicité du monde dans son unité, de ne mettre aucune borne à son expansion. Il est une force spirituelle à vrai dire, le seul absolu que nous tolérions en période de relativisme.

Mais la démocratie, au contraire du despotisme ou de la monarchie, est ce régime qui se nourrit de ses ennemis, au risque d'en mourir, et a placé la critique au cœur même de son fonctionnement : dès lors, la contestation y devient un service, un quasi-réflexe, la chose du monde la mieux partagée. Et comme la bourgeoisie a intégré à son mode de vie les mouvements qui prétendaient la renverser, innombrables sont ceux qui revendiquent le beau titre d'insoumis : cela les assure d'exister, d'avoir une identité, d'échapper à la monotonie générale. Ce n'est plus l'artiste, subventionné, cajolé par le mécénat d'entreprise et l'Etat, qui est maudit, c'est le bourgeois. Si notre époque célèbre à grands frais la figure du réprouvé et encense ceux-là mêmes qui la vouent aux gémonies, ce n'est pas pur masochisme, c'est qu'elle trouve dans ce désavœu un carburant essentiel pour sa transformation. *Il est poli d'être contre.*

## LES PARIAS PÉPÈRES

Ainsi prolifèrent les transgressions standardisées : critiques publicitaires de la publicité, médiatiques des médias (ah, dire du mal de la télé sur le petit écran, quelle jouissance !), spectaculaires du spectacle. Cracher dans la soupe devient l'argument lucratif par excellence : toute marchandise pour se vendre doit inclure sa propre critique à côté de son mode d'emploi. Ainsi se propage un académisme de la subversion au point que la culture de la provocation la plus sulfureuse est devenue la culture officielle qui promeut, dans le discours du moins, marginaux, pervers, excentriques, branchés, excellents gisements de profit. A cet égard, les diatribes antimondialisation constituent chez nous, de l'extrême gauche à l'extrême droite, une sorte de volapuk national que chacun, à un moment ou à un autre, se doit d'entonner. (Sans oublier l'anathème sur le mot « libéralisme » devenu tabou alors qu'au sens strict du terme, la France n'est pas un pays libéral mais en voie de libéralisation puisque l'Etat continue à y gérer près de la moitié de la richesse nationale.)

Devenir un rebelle professionnel est une contradiction dans les termes car on banalise ainsi un état d'exception. Dans une société où chacun se veut unique, il s'agit d'un mécanisme très prisé d'autopromotion : on tire un lustre particulier de passer pour un banni, on désire faire tomber sur soi l'aura ténébreuse du damné si possible sans périls (alors que les vrais damnés, eux, ne sont pas lumineux, ils sont pitoyables, parfois repoussants, leur opiniâtreté s'apparente à de la démence, leur compagnie n'a rien d'élégant). Il est trop de notables des lettres, du journalisme, de l'université, de la politique qui jouent au renégat et le politiquement correct en France, c'est de se dire incorrect. Manière de gagner sur tous les tableaux, d'avoir un pied dedans, un pied dehors, de se croire en situation d'extériorité absolue alors qu'on jouit par ailleurs d'une position établie et de tous les avantages de la notoriété. Planqués mais radicaux : le petit-bourgeois ressuscite sous les haillons du guérillero, la fronde devient un produit de consommation populaire, presque une annexe de la mode. Extension du conformisme à des attitudes qui relevaient jadis de la marge, du vice, du crime et nous souffrons désormais d'une multitude de conformismes dont la révolte n'est qu'une des variantes. (Autre schéma assez proche qui remonte au XVIII^e siècle : la condamnation apologétique, manière d'étaler le stupre avec complaisance sous couleur de défendre la vertu. On feint de dénoncer la pornographie, la violence, le tourisme sexuel tout en ne parlant que de ça. On entérine ce qu'on prétend abattre.)

Beaucoup de psychiatres l'ont noté : les maladies contemporaines du moi – narcissisme, dépression, abstention, désertion – étaient hier des actes de mutinerie : libération des énergies vitales, protestation de l'individu rétif, culte du moi contre le troupeau. Puisque rares sont les hommes capables d'endurer longtemps l'hostilité de leurs proches, le snobisme de l'indocilité concilie gloire et quiétude. Vomir la société et rentrer chaque soir se coucher dans son lit : ainsi se font les nouvelles carrières d'académicien. Dans l'esthétique postmoderne de la sédition, l'image de l'insurgé est investie d'un gros profit symbolique. Les intouchables de luxe sont légion et s'expriment au nom des pauvres, des exclus. Nouvelle vague des parias pépères qui fleurissent en dénonçant l'affreuse servitude des masses et prospèrent peinards sur cette excommunication. Panurge désormais hisse les drapeaux rouges et noirs.

La révolte évidemment ne cessera jamais. Il y a un droit imprescriptible à la résistance pour toute personne ou minorité menacée et il convient de saluer les mille tentatives des offensés et des humiliés pour s'arracher à l'avilissement et imposer aux autres la reconnaissance de leur dignité. Mais il existe au moins quatre destins différents pour un rebelle : finir en dictateur ou en narcotrafiquant, quitter les haillons du persécuté pour revêtir ceux du despote. Mourir les armes à la main, demeurer dans la mémoire des hommes comme un martyr, les plus belles révolutions étant les révolutions perdues qui n'ont pas souillé leur pureté dans un bain de sang. Vieillir en anarchiste de salon, faire carrière dans l'intransigeance, se muer avec l'âge en comédien de l'indignation, imposture où réussissent tant de roublards rompus aux colères stratégiques, aux coups de gueule soigneusement calibrés qu'ils savent ensuite monnayer en panache personnel. Il est une dernière voie moins glorieuse mais plus féconde : fonder un nouveau parti, obliger la société, par la violence au besoin, à entendre la voix de ceux qu'elle méprisait ou exploitait jusque-là. Leaders nationalistes, dirigeants syndicalistes, chefs de minorités, tous par des luttes sociales identitaires ou nationales visent à être reconnus, à s'intégrer dans une légalité qu'ils n'entendent pas détruire mais étendre. Autrement dit, toute révolte réussie donne naissance à un lobby qui pèse ensuite de tout son poids pour défendre ses intérêts. C'est une fin moins romantique que la révolution permanente, le feu purificateur, mais infiniment plus efficace. Il faut noter à cet égard la capacité stupéfiante des anciens activistes à créer des entreprises rentables (voyez la génération 68), à entraîner la contre-culture dans le circuit commercial, ce qui rappelle l'aptitude des sectes les plus austères à édifier de gigantesques fortunes, les Mormons aux Etats-Unis, les Jaïns en Inde, les Mourides au Sénégal, comme s'il existait une parenté profonde entre les deux univers de l'idéal ascétique et de l'abstraction monétaire.

Ce qui a changé au XXe siècle, c'est que la révolte a perdu de son innocence, elle ne fonde plus par elle-même sa propre légitimité, elle n'a plus tous les droits ; elle doit justifier en se déployant l'univers qu'elle annonce, prouver qu'elle n'est pas mue par la simple volonté de revanche, un effroyable ressentiment[1]. On a peut-être toujours une raison de se révolter, comme on disait jadis, mais on n'a pas raison sur tout quand on se révolte : cela ne justifie ni les injustices ni les crimes ni les attentats commis au nom des damnés de la terre. Ainsi, quand à l'automne 2000, des jeunes gens issus pour la plupart de l'immigration attaquent en France des synagogues, agressent ou insultent des personnes de confession juive, ils s'identifient peut-être en toute bonne foi à l'Intifada en pleine recrudescence dans les territoires occupés. Ils réinventent aussi le pogrom et la chasse au faciès au nom de la défense de leurs frères palestiniens brutalisés par l'armée israélienne[2]. (Il y a dans certains secteurs très minoritaires des banlieues collusion entre l'antisémitisme classique de l'extrême droite et celui en pleine expansion du

1. On lira à ce propos les excellentes réflexions de Jean-Claude Michea in *Recherches*, Revue du Mauss, *op. cit.*, pp. 193 à 203.

2. On a recensé à l'automne 2000 en France, alors que la situation au Proche-Orient se dégradait, près de 116 actes antisémites dont de nombreux incendies de lieux de culte. A cet égard, les organisations antiracistes et les dirigeants spirituels de chaque communauté ont adopté une attitude exemplaire pour désamorcer l'explosion sans toutefois y réussir.

monde arabe. La convergence peut porter aussi sur d'autres aspects : le sexisme, l'homophobie, le racisme.) Pareillement, si l'ETA basque combattit courageusement la dictature franquiste au prix de lourdes pertes humaines, elle s'est transformée, depuis l'accession de l'Espagne à la démocratie, en organisation totalitaire qui règne par la terreur, le meurtre, l'intimidation. Il faut noter à cet égard que le fascisme nouveau est antifasciste dans sa rhétorique, il revêt les habits lumineux de la résistance à la peste brune pour mieux perpétuer cette dernière. (Voyez Milosevic, voyez encore la conférence de Durban contre le racisme en 2001 qui s'est terminée aux cris de « Mort aux Juifs » et par l'occultation totale de la responsabilité arabe dans l'esclavage des Africains.) Les anciens persécutés ont perdu de leur candeur, ceux-là mêmes dont on attendait rachat et salut sont capables d'instaurer de nouvelles tyrannies d'autant plus dures qu'elles s'édifient sous les auspices de l'émancipation et de la justice.

Le destin de tout soulèvement est d'être annexé nécessairement, c'est-à-dire de réussir, de se convertir en droits nouveaux, en possibilités inédites, même si le combat n'est jamais terminé. La révolte est peut-être le commencement de l'humanité, elle n'en est pas la fin : cette parenthèse de chaos doit un jour se clore, récuser la violence pour instaurer une certaine forme de légalité (sous peine d'entraîner la nation tout entière dans une spirale de destruction). Elle ne conteste la société que pour élargir l'assise de la communauté humaine, améliorer la condition des malheureux. L'aspiration de tous les délaissés à la lumière publique est l'aspiration à devenir des hommes comme les autres, non à jouir d'une exemption particulière. On est très loin ici du symbolisme noir de l'insurrection, de la ferveur du Grand Refus. Mais tout pouvoir avisé sait qu'il vaut mieux intégrer les revendications de la rue plutôt que l'écraser purement et simplement. Il y a un héroïsme de la mutinerie, de la grève générale mais un devenir prosaïque des avantages acquis quand ils se monnaient en discussions paritaires, négociations syndicales, accords de gouvernement. La libération relève de l'épopée, la liberté plus souvent de la platitude quand tous les ingrédients liés à la rupture de l'ordre établi deviennent partie intégrante de cet ordre. On peut le déplorer mais c'est ainsi que progressent les choses. Les pudeurs de vierge effarouchée de certains « subversifs » relèvent d'une grande ignorance de l'Histoire. On se bat toujours pour de meilleures conditions d'existence. Il n'y a rien de honteux à obtenir gain de cause : *la récupération est le désir avoué de toute lutte.*

« Vous finirez notaires », lançait Marcel Jouhandeau aux manifestants parisiens de Mai 68. A quelques lettres près, ils finissent tous notables, il avait raison. Et l'on peut penser que les jeunes radicaux chics et fringants de la gauche termineront eux aussi un jour en installés, ministres, bureaucrates, patrons, académiciens. « Nous avons fait Mai 68 pour ne pas devenir ce que nous sommes devenus », a dit très profondément Georges Wolinski. Rien de scandaleux à cela : chaque génération ne peut endosser qu'une tâche historique limitée avant de réaliser que ses actes se sont retournés contre elle et lui ont échappé. Comme il était du destin du prolétariat de s'embourgeoiser (il y a encore des ouvriers mais plus de classe ouvrière), il est du destin des émeutiers de finir en membres de l'establishment, en chefs de syndicats. Après tout, le sous-commandant Marcos reçu par le président Vincente Fox à Mexico vaut mieux que Che Guevara abattu comme un chien dans la jungle bolivienne. Sauf pour les publicitaires qui monnaient à l'infini l'image du guérillero christique (Ben Laden est déjà sur les tee-shirts et finira comme tout ennemi du système en effigie chez Disney).

### Inégalités stimulantes, inégalités accablantes

L'égalité reste bien le principe moteur et l'horizon symbolique de nos sociétés puisque plus rien désormais ne va de soi, que les hiérarchies sont contingentes et non plus fondées en tradition. De Marx à Hayek, de la gauche à la droite, tous les camps ont, d'une manière ou d'une autre, épousé l'ethos égalitaire et aspirent à donner aux individus des possibilités équitables, que ce soit dans le domaine des droits, des chances ou des ressources. Toute inégalité aujourd'hui doit se justifier d'exister en arguant d'une réelle égalité ailleurs, dans un autre secteur jugé crucial (Amartya Sen).

Si les libéraux, par exemple, refusent l'interférence de l'Etat, c'est qu'à leurs yeux l'absence de concurrence favorise les privilèges, donc les disparités. Pourquoi une telle convergence entre idéologies adverses qui ne diffèrent que sur les moyens ? C'est que l'inégalité face à la maladie, la faim, la mort est une carence de liberté effective ; ou plutôt elle prive la liberté de ses instruments, en fait une coquille vide. Elle freine l'être humain dans sa réalisation, l'assujettit à la peur, au besoin, lui interdit de choisir entre plusieurs modes de vie. S'il est des disproportions positives en ce qu'elles stimulent l'initiative, il y a trop d'inégalités décourageantes tant elles semblent immuables, inscrites dans l'ordre des choses. Pour que le maelström social tourne, il faut que l'écart entre le plus haut et le plus bas ne paraisse pas insurmontable, ne ressemble pas à la distance qui sépare un microbe d'une étoile, bref, ne devienne un déséquilibre accablant qui brise toute idée de compétition et bafoue le sens de la vie commune.

Autrement dit, la « bonne société » est celle qui augmente les chances de tous, leur permet de déployer fins et talents sans se casser les reins sur une structure trop rigide. Une telle société est bonne dans la seule et unique mesure où elle est discrète, presque invisible, et ne s'impose pas à ses citoyens. L'essentiel pour les nations comme les individus – et l'on en est loin – c'est que nul n'occupe durablement la première place, que les dés soient toujours relancés afin de continuer la partie (ce à quoi servent, entre autres choses, l'impôt et le droit). Une démocratie ne saurait durablement admettre un fossé entre ses principes et ses actes, sauf à vider les premiers de toute signification. A défaut d'un égalitarisme abstrait qui générerait l'immobilisme, il faut s'assurer que les classes, les élites, les personnes bougent, qu'aucune coagulation ou thrombose ne freine ce tourbillon : même les morts remuent puisque nous ne cessons de réévaluer les grands artistes, écrivains, musiciens du passé. C'est l'admirable leçon du sport qui théâtralise, le temps d'un match ou d'une partie, cette alternance de chutes et de résurrections qui s'appelle un destin. Il nous démontre que pour les hommes libres, jusqu'au bout, les jeux ne sont jamais faits.

## Chapitre III

# Le désarroi intellectuel

> « A tout hasard [l'homme contemporain] fait construire sa maison dans des zones magnétiques favorables et prend soin d'orienter son lit de manière à contrecarrer les ondes négatives. A tout hasard, il consulte les astrologues et les voyants s'il est chef d'Etat. S'il est homme de science il médite volontiers à Cordoue sur le tao de la physique ; il croit aux corps subtils ainsi qu'à la transmigration. S'il est gardien de but, il conjure d'un signe de croix son angoisse au moment du penalty. Adolescent, il s'intéresse à la réincarnation et s'occupe activement de chasser ou d'apprivoiser les esprits et autres démons. Adulte, il crée des sectes au nom puéril, souvenirs de Tintin… »

Etienne BARILLIER, *Contre le nouvel obscurantisme.*

L'outrance verbale traduit la difficulté à cerner l'ennemi. Le vertige de notre époque est d'avoir bousculé les classements : les règles du jeu ont changé à notre insu, nous avions à peine eu le temps d'apprendre les anciennes qu'elles sont devenues caduques. Comment concilier l'intelligibilité du présent avec le respect de sa complexité, en un temps où l'urgence, à l'inverse de la célèbre formule de Marx, n'est pas de changer le monde mais de le comprendre ? La confusion touche autant les puissants que le simple citoyen : tous égarés dans les mêmes ténèbres, comme Alice et la Reine Rouge courant simplement pour rester sur place et n'être pas rattrapées par le paysage. Le capitalisme est une machine tellement complexe et mobile qu'il confond jusqu'à ses propres admirateurs. C'est que lui seul, comme Marx l'avait reconnu, est la force révolutionnaire par excellence : nul besoin de transformer la société ou la vie, il s'en charge à merveille. « La bourgeoisie ne peut exister sans révolutionner constamment les instruments de production (...) Tous les rapports sociaux traditionnels et figés avec leur cortège d'émotions et d'idées antiques et vénérables se dissolvent ; tous ceux qui les remplacent vieillissent avant même de pouvoir s'ossifier » *(Manifeste communiste)*. On peut même soutenir que seul le capital est « anticapitaliste » puisqu'il travaille au bouleversement de ses conditions antérieures par ce que Joseph Schumpeter appelait « l'ouragan perpétuel de la destruction créatrice », l'apparition de valeurs nouvelles par l'anéantissement des biens existants.

### *MATRIX* ET LE MALIN

Dès lors que tous les paradigmes sont inversés, que le capitalisme dispose d'une bonne longueur d'avance sur ses détracteurs comme sur ses laudateurs, la tentation est grande de lui dresser une statue formidable, de lui imputer tous les malheurs du moment. On l'invoque comme une entité suprêmement clairvoyante, capable de calculer tous les coups, de parer toutes les offensives, on lui prête l'intuition et l'omnipotence du Malin. Son nom est personne, sa violence partout, ses complices légion ; il procède par adhésion silencieuse, insinuation perfide. La fatigue qui nous accable, nos amours qui s'étiolent, c'est lui ; les maladies qui se propagent, les fléaux qui nous déchirent, c'est encore lui. Du plus intime au plus évident, il a ce talent maléfique de corrompre tout ce qui existe car il préside de façon inexorable à nos destinées.

Dans ces conditions d'opacité, comment s'étonner que remonte en flèche la théorie du complot : pour la mort de Lady Di, la maladie de la vache folle, les catastrophes naturelles ou encore l'extension du sida présentée par certains comme l'intention délibérée d'éliminer les Africains, les homosexuels, les toxicomanes. A Kuala Lumpur en 1998 le premier ministre attribue la chute du ringgit malaisien à une conspiration juive. Souvenons-nous aussi des inondations de la baie de Somme en France au printemps 2001, attribuées par beaucoup à une malveillance parisienne : « on » aurait délibérément « vidé » les eaux de la Seine pour nuire aux habitants de Picardie comme on vide une baignoire. Mais c'est au cœur de la Babylone capitaliste que fleurit dans les médias, la littérature, le cinéma, la hantise de la machination, comme si l'Amérique était obsédée par son propre effacement : la rage de casser dans les séries B hollywoodiennes, la volupté de démolir toutes les idoles de la grande nation, de broyer voitures, maisons, biens dans un gigantesque fracas traduit un fantasme d'autodestruction hallucinatoire que le 11 septembre a bel et bien réalisé. Et quand l'attentat frappe New York, fruit d'une authentique conjuration, il ressemble d'abord aux divagations proposées depuis des années par les films catastrophe que l'Empire consomme avec délices pour se faire peur et se croire invincible. D'où ce sentiment terrible de déjà vu pour ceux qui sont friands de ce type de divertissement ! D'ailleurs, si l'on en croit certains organes de presse arabes, la destruction des Twin Towers serait l'œuvre du Mossad, lequel aurait écrit personnellement aux 4 000 employés juifs qui y travaillent pour leur demander de ne pas venir au bureau le 11 septembre ! Plus les relations de conséquence sont obscures, plus la paranoïa est à son aise, permettant à tous les délires de prendre une allure de sagesse, de perspicacité. Mécanisme d'autant plus impérieux qu'il est irréfutable par les armes de la raison.

Tout se passe comme si la fin des oppressions tangibles en Occident faisait que la liberté, abasourdie par sa solitude, devait s'inventer des oppressions immatérielles pour se sentir exister. Voyez au niveau de la culture populaire le succès d'un film comme *Matrix* des frères Wachowski (1999) racontant à travers les tribulations de quelques personnages, comment notre existence est le pur produit d'une machine supérieure, la « matrice » qui nous dirige, nous contraint, nous accorde parfois quelques plaisirs. On peut faire de *Matrix* toutes les métaphores possibles : celles du capital, de la religion, des sectes, du technopouvoir, mais en tout cas le succès du film l'atteste, elle nous parle. Avec elle tous les égarements sont légitimés. Celui qui peut faire état d'un projet clandestin manigancé par une poignée de puissants prouve qu'il appartient à leur cercle puisqu'il a éventé leurs secrets : il y a une ivresse proprement gauchiste à démonter les rouages du pouvoir et même à lui suggérer quelques stratégies d'avance afin de s'assurer qu'on pourrait être calife à la place du calife… Quiconque dénonce les « maîtres du monde » prouve surtout qu'il aspire à en faire partie. Derrière la façade aveugle de leurs tours de verre, ces grands seigneurs fomentent de vastes machinations, décident de ce que nous allons porter, respirer, boire, manipulent notre cerveau, nos affects, nous inoculent des maladies atroces qu'ils s'offriront ensuite à soigner, des rêves raffinés ou sommaires qu'ils tenteront d'exaucer, tout cela pour nous tenir entre leurs mains et s'enrichir de nos tourments, de nos aspirations. Comme toujours, la logique du complot trahit un sentiment de dépossession. Quand nous ne maîtrisons plus notre destin, il nous plaît de penser qu'une force occulte travaille dans l'ombre à notre perte. Outre que le libre-échange n'existe nulle part à l'état pur – la réalité de notre époque ce sont encore et toujours les barrières et les droits de douane –, on prête souvent aux trusts internationaux une cohérence, un machiavélisme qu'ils n'ont pas,

## La rédemption par l'opulence

Qu'est-ce que le consumérisme ? Une utopie de la diversion, l'idée à la fois ingénieuse et triste que les hommes, dès lors qu'ils échangent ou achètent, ne se font pas la guerre, détournent leurs pulsions agressives sur l'espace du supermarché ou du grand magasin. Qu'une telle activité convient à l'Arabe, à l'Hindou, à l'Africain comme au Chinois – lesquels, occupés à acquérir ou à vendre, n'ont plus le temps de se provoquer. Sagesse désenchantée car elle voit la paix sur terre dans la généralisation d'une activité à la fois mécanique et répétitive qui n'implique aucune élévation et réduit la vie humaine aux seuls gestes de la dépense et de l'emplette. Le sourire de la publicité est celui d'un dieu qui a enfin trouvé la solution aux discordes humaines : la compulsion frénétique d'achats comme accomplissement culturel. En quoi nos sociétés occidentales ne favorisent pas l'avoir mais l'accumulation et la destruction des marchandises et leur renouvellement comme mode d'être. Si nous nous contentions tranquillement de posséder nos voitures ou nos meubles, les stocks seraient vite engorgés et le système paralysé. Le consumérisme est même l'interdiction faite à tous de rien posséder durablement. Excitation, innovation, mimétisme : il faut toujours débusquer de nouvelles niches de convoitise, ériger les caprices de quelques-uns en nécessités pour tous. Notre tort, en ce domaine, n'est pas de trop mais de trop peu désirer.

Cette utopie toutefois n'est pas sûre : les hommes peuvent jalouser les biens des autres, l'envie dégénérer en hostilité. Et si les objets acquis suscitent de fulgurantes jouissances, celles-ci sont brèves, pour la simple raison que leur usage épuise vite leur contenu. Il est miraculeux et décevant que le souhait coïncide si bien avec sa réalisation. Seul ce qui nous résiste peut prétendre à une valeur : si une œuvre d'art, un paysage nous émeuvent, c'est que nous n'en avons jamais fini avec eux. Leur richesse s'accroît de la connaissance que nous en prenons ; ils sont à jamais séparés de nous par une distance qui signe la vraie grandeur. Le consumérisme est donc l'arasement par le bas : inoffensif s'il est équilibré par d'autres passions, nocif dès qu'il se dégrade en mode de vie et finit par nous dicter notre conduite, notre valeur. En remplaçant les grandes civilisations par l'universel pauvre de McDo, Disney, Coca-Cola, MTV, il fait de l'homme une espèce fureteuse et amoindrie, uniforme sous toutes les latitudes. Jamais l'amitié douceâtre du supermarché ou du parc d'attractions n'apaisera la fureur du nihiliste ou du fanatique.

et s'ils sont puissants dans leur domaine, ils ne sont pas tout-puissants comme le prouvent d'ailleurs leurs reculades, leur affolement chaque fois qu'à Seattle, Davos, Porto Alegre ou en Afrique du Sud (à propos de l'accès aux médicaments pour les malades du sida), les opinions publiques leur font face et s'insurgent contre leurs diktats. Il est tentant d'exagérer le pouvoir des multinationales pour se dire qu'on affronte un adversaire surhumain, mais ces géants de la pharmacie, de la chimie, de l'alimentation ou du pétrole sont aussi étrangement sensibles et vulnérables dès qu'une opposition résolue leur barre la route.

LA MAIN INVISIBLE PARTOUT

Il est plus étonnant de retrouver le même mécanisme de pensée chez des analystes, des philosophes, des sociologues que l'on croyait avertis et qui discernent dans le retour de l'intégrisme, des sectes, des mafias, des crimes, la main obscure du marché[1]. C'est lui et lui seul qui serait responsable du nettoyage ethnique en ex-Yougoslavie, de la guerre civile en Algérie, des tueries du Liberia et de la Sierra Leone[2], du conflit du Zaïre, il freinerait aussi le droit des peuples à disposer d'eux-mêmes comme le déclarait un porte-parole indépendantiste basque au sommet de Biarritz en octobre 2000. Le grand capital

1. Dans *Transversales, Science/Culture* n° 35 (1995), Patrick Viveret écrit : « Nous sommes en présence de pathologies mentales collectives dont une face est constituée par la guerre économique et dont l'autre est celle de l'intégrisme et de la purification ethnique. La première conduit au nettoyage social : l'exclusion provoque le retour de la misère et les mendiants sont de nouveau chassés des villes. La seconde conduit à de nouvelles guerres de religion, au terrorisme, au nettoyage ethnique » (Cité *in* René Passet, *L'Illusion néolibérale*, *op. cit.*, p. 160).

2. Ainsi un cinéaste, Philippe Diaz, dans un documentaire intitulé « Nouvel Ordre mondial », prétend, à l'encontre des « truquages médiatiques officiels », dire la vérité sur la guerre civile en Sierra Leone. A ses yeux, les principaux responsables de ce conflit seraient, pour de simples raisons de cupidité, la soif du diamant, les puissances occidentales, en premier lieu la Grande-Bretagne et les Etats-Unis, alors que les rebelles du RUF (Front Révolutionnaire Uni) qui répandent meurtre et terreur dans la population en coupant les bras et les jambes de leurs victimes sont présentés comme d'aimables garçons atrocement caricaturés. Il y a longtemps que le délire tiers-mondiste ne s'était pas exprimé de façon aussi pure.

redevient comme il y a quarante ou cinquante ans le maléfice absolu : on croit faire l'unanimité sur la méchanceté totale de l'ennemi, mais c'est un consensus factice qui trahit une certaine paresse d'esprit et le refus de considérer chaque situation dans sa singularité. De quoi s'agit-il en l'occurrence ? De relancer les rhétoriques anti-bourgeoises, anti-profit comme si rien ne s'était passé au XX^e^ siècle, comme si, dix ans après l'effondrement du socialisme réel, on était à nouveau détenteurs d'une solution radicale au malheur capitaliste, à l'infortune salariale. A nouveau grossit la cohorte de ceux qui attendent l'effondrement du marché comme d'autres l'arrivée du Messie.

Il faut tenir compte à ce propos d'un phénomène peu étudié : la fatigue, qui touche les idées comme les personnes. Dans la séduction qu'inspire une théorie joue un incontestable effet de nouveauté ; elle éblouit d'abord, lasse ensuite, engendre la soif de doctrines nouvelles. Sur le grand théâtre du concept, les spectateurs renvoient en coulisses les vieux comédiens et applaudissent l'arrivée de troupes fraîches avant de congédier celles-ci à leur tour. L'anticapitalisme était une rengaine, il y a vingt ans ; il retrouve de nos jours, porté par l'actualité, un certain lustre qui le rend à nouveau désirable. Mais quand une opinion ancienne revient, c'est pour remplir une autre fonction, comme nous le verrons plus loin, pour dire autre chose que ce qu'elle énonce au prime abord.

Lorsque le sociologue Pierre Bourdieu, plaidant avec raison pour un nouveau mouvement social européen, évoquait « la main invisible » des nantis et soutient que certains mécanismes juridico-politiques élaborés dans l'ombre « préparent l'avènement d'une sorte de gouvernement mondial invisible au service des puissances économiques dominantes » c'est-à-dire de l'Amérique[1], il laisse perplexe. Si ce gouvernement mondial est vraiment invisible (le mot est répété plusieurs fois dans le texte), comment Bourdieu faisait-il pour le discerner ? De quelles armes intellectuelles disposait-il dont nous serions, nous ses humbles lecteurs, dépourvus ? De la même façon, quand Ignacio Ramonet[2] dénonce l'influence démesurée des nouvelles communications de masse, cinéma, publicité, télévision, et distingue sous les images et les slogans les arcanes d'une gigantesque manipulation qui viole les cerveaux, il pose un problème méthodologique : comment a-t-il pu échapper au conditionnement, par quel miracle les séries policières, les films catastrophe, les westerns spaghetti ne l'ont-ils pas marqué de leur empreinte subliminale ? Passionnante au cas par cas, ses analyses des « nouveaux hypnotiseurs » laissent plus dubitatif quand elles tentent d'en extraire une idéologie qui est bien sûr celle du néolibéralisme triomphant, de l'Occident vainqueur et arrogant. On touche là aux limites d'une philosophie du soupçon qui décrète cachées des choses que tout le monde connaît pour se donner le lustre de les débusquer. En présupposant ce qu'elle va découvrir, elle soulève les objets culturels ou économiques comme des pierres pour y dénicher un mystère qu'elle a elle-même placé. A force de circonspection, une telle pensée finit par sombrer dans le dogmatisme. Elle n'oublie qu'une

1. Pierre Bourdieu, *Contre-feux* 2, Raisons d'agir, 2001, p. 69.
2. Ignacio Ramonet, *Propagandes silencieuses*, Galilée, 2001.

chose : se méfier de sa méfiance, qui n'est pas moins aveuglante que la foi.

On a tort en général de croire que les gens sont dupes des messages qu'on leur envoie, surtout quand ces messages sont explicites et ne cachent rien de leurs intentions. Plus généralement, on prête à la publicité une omnipotence qu'elle n'a pas. D'abord on passe sous silence les innombrables campagnes qui échouent. Et puis, quand chaque Français est exposé en moyenne à 7 000 accroches par jour, y compris dans les toilettes publiques, quand une multitude de réseaux ceinturent notre existence pour la mettre en coupe réglée, ils s'annulent par leur nombre même et renforcent notre carapace. Nous devenons tous des cibles mithridatisées bombardées depuis l'âge du berceau de comptines publicitaires plus débiles les unes que les autres. Ce qui nous menace alors, c'est moins l'endoctrinement que l'hébétude, l'abrutissement. C'est pourquoi la publicité non réglementée est une intolérable violation de la vie privée, surtout quand elle s'attaque dès la naissance au nourrisson, en fait un cœur de cible privilégié. L'auteur américain de science-fiction Philip K. Dick avait imaginé des annonces publicitaires vivantes qui s'introduisaient dans les maisons pour y débiter leur harangue et qu'il fallait abattre à coups de fusil comme de la vermine.

Car la publicité ne vend rien d'autre qu'elle-même, sa reproduction à l'infini : elle se contente de mettre en scène et d'épouser les mentalités régnantes, à savoir, en Occident, l'hédonisme individualiste. Elle n'a pas d'idéologie, elle ne nous dit qu'une chose à travers ses jingles et ses vers de mirliton, c'est qu'elle aspire à persévérer dans son être, à devenir culture et style de vie (ce qui n'empêche pas certaines affiches d'être des petites merveilles d'humour et de graphisme, de se hausser au niveau de l'œuvre d'art). Quant aux fameux discours subliminaux, ceux par exemple qu'Ignacio Ramonet croit déceler dans les séries *Kojak* et *Colombo*[1], ils sont devenus le pont-aux-ânes du décryptage au point que les publicitaires eux-mêmes, par dérision, en ont fait un sous-genre à part entière[2]. Il serait plus exact de dire que le discours du pouvoir ne nous cache rien, que la bourgeoisie a toujours dit ce qu'elle a fait et fait ce qu'elle a dit. Les grandes stratégies du capital sont énoncées à livre ouvert dans les revues économiques, les ouvrages de management et il est risible de les parer d'un masque alors qu'elles nous aveuglent de leur évidence même.

Voici donc la « mondialisation libérale », pour parler la nouvelle langue de plomb, responsable de tout le mal sur terre, même du terrorisme, qui en est la conséquence, si bien qu'en luttant contre la première, on « apporte des éléments de réponse » aux atrocités du second[3]. C'est la toute-puissance du « lobby ultralibéral mondial » (Serge Latouche), cette « mégama-

1. *Op. cit.*, pp. 103 à 121.
2. En 1973, un certain W.B. Key croyait voir des messages lascifs cachés dans les cubes à glace, une invitation à l'orgie ! En 1990, Absolut Vodka lance la campagne Absolut Subliminal : un verre de vodka sur glace où apparaissait nettement sérigraphié sur le glaçon le mot « Absolut » (Naomi Klein, *op. cit.*, pp. 359-360).
3. Christophe Aguiton, « Rebonds », *Libération*, 24.9.2001.

chine sans visage[1] », qui explique l'affaissement du civisme, la crise du politique, les guerres, mais aussi la dépression de l'individu privé, harassé par son travail, les feuilles d'impôt, abruti par les jeux télévisés. Mais à trop vouloir prouver, on s'égare dans un catalogue à la Prévert et le capitalisme devient comme la fameuse cabine des Marx Brothers : un espace sans fond où l'on peut tout faire entrer. Telle est sa fonction : être le grand simplificateur, le grand fauteur de troubles qui permet de tout expliquer sans rien élucider. Déceler derrière chaque détresse, conflit, oppression la main perfide du profit, les doigts fourchus des grands rapaces de Wall Street ou de la City, procède d'un réductionnisme qui accroît l'obscurité en voulant nous éclairer… N'en déplaise aux forcenés de l'antimondialisation, les plus grands massacres de la fin du XXe siècle – Bosnie, Rwanda, Algérie, Tchétchénie, Timor – sont moins liés à des questions financières ou économiques qu'aux fanatismes raciaux, religieux, identitaires, impériaux. Ni les problèmes du clonage, de l'eugénisme, de la vache folle, des biotechnologies ne se comprennent par la seule soif de l'argent – même si ce dernier peut tout aggraver dans des proportions considérables. Ils manifestent une *ubris* prométhéenne, une volonté de manipulation du vivant, un individualisme sans moralité qui sont tout aussi inquiétants.

C'est un vieux travers de la pensée progressiste que de chercher une raison unique à la détresse, que

1. Serge Latouche, *Recherches*, Revue du Mauss, 1997, opus cité, pp. 144 à 147 et *Le Procès de la mondialisation*, Fayard, 2001, p. 9.

de placer d'un côté les dominants et leurs complices, de l'autre les dominés et leurs défenseurs afin de fédérer tous les mécontentements sous une même bannière. Cette folie de la synthèse globale accouche d'un désert théorique. A force de vouloir embrasser, elle n'étreint que du vent. Si seulement il n'y avait, comme on nous le dit, que les forces du grand capital d'un côté et la conscience des peuples de l'autre[1], ce serait trop beau ! On oublie que la barbarie est plurielle, qu'elle peut surgir sans autre raison que la cruauté humaine et que les souffrances de l'humanité n'ont pas toutes la même origine. Et pas plus qu'il n'y a un seul coupable au malheur humain, il n'est de victime emblématique qui représente toutes les autres. Quand le sous-commandant Marcos, dans une envolée planétaire, écrit : « Marcos est homosexuel à San Francisco, noir en Afrique du Sud, indigène dans les rues de San Cristobal, Juif en Allemagne, pacifiste en Bosnie, Mapucho dans les Andes » (1994), il émet une proposition aussi généreuse que confuse. N'est pas le Christ qui veut et toutes les servitudes ne se confondent pas dans une seule figure, fût-elle voilée sous un passe-montagne. Il est fini le temps où le prolétaire pouvait porter sur lui la misère du monde ; il n'est plus de bon sujet rédempteur qui incarne à lui seul l'affliction universelle. Lutter contre une certaine forme de structure économique ne devrait pas inciter à tout résumer sous ce trait. Il faut savoir s'arracher aux délices de la pensée binaire, très séduisante mais passablement primitive en termes d'élucidation. Qui

1. René Passet, *Eloge du mondialisme*, Fayard, 2001, p. 159.

est le plus idolâtre, finalement, des zélotes du marché, qui voient en lui l'outil infaillible du bonheur sur terre, voire l'instrument de la volonté de Dieu[1], ou de ses contempteurs, qui le fustigent comme source de toutes les infortunes ? Bienfaisance ici, perversité là : les uns et les autres restent prisonniers du même axiome, selon lequel l'économie est aux postes de commande et détermine le reste. Hors d'elle, point de salut !

## NOSTALGIES DE GUERRE FROIDE

On dirait que pour toute une pensée qui n'a pas digéré la chute du communisme et reste inconsolable de l'ennemi parfait, l'essentiel est de pouvoir démontrer que nous vivons toujours dans une société tyrannique, que « Big Brother est déjà là et décide de ce que nous allons boire, manger, penser, il concentre tous les pouvoirs, celui de la communication, de la production des biens culturels et nous impose sa vision du monde[2] ». Pourquoi de tels raisonnements ? Parce qu'ils nous rassurent, satisfont en nous un besoin éperdu de clarté : désormais, nous savons qui tient le rôle du diable, du salaud de prédilection. Rendez-nous notre adversaire ! Long-

1. Michel Camdessus aurait déclaré, une semaine avant sa démission du poste de directeur général, que « le FMI forme un des éléments de la construction du royaume de Dieu » (cité par Christophe Aguiton, *Le monde nous appartient*, Plon, 2001, p. 225.
2. Pierre Bourdieu, *Contre-feux 2*, *op. cit.*, p. 89.

temps, nous avons partagé le monde en deux : les maîtres contre les esclaves, les serfs contre les seigneurs, les prolétaires contre les bourgeois, le socialisme contre le capitalisme. Or, depuis que la division qui opposait le totalitarisme aux démocraties a disparu, nous sommes orphelins d'une antithèse qui rendait beaucoup de services. Pour toute réflexion guettée par le doute, le manichéisme reste la béquille idéale.

L'étonnant, c'est de trouver ce type d'automatisme dans tous les camps. Pour la gauche de la gauche, la France est devenue « une sous-préfecture démocratique du Nouvel Ordre mondial », terrassée par « la main invisible du marché qui ne prend pas de gants pour affamer et broyer sans bruit[1] ». Car nous sommes « tous fliqués » (Ignacio Ramonet), tous la proie de la télésurveillance et de l'espionnage électronique[2]. Idée que le philosophe Jean Baudrillard reprendra en nous expliquant qu'au lendemain des attentats du 11 septembre, la répression est telle chez nous que « l'idée de liberté, idée neuve et récente, est déjà en train de s'effacer des mœurs et des consciences et que la mondialisation libérale est en train de se réaliser sous la forme exactement inverse : celle d'une mondialisation policière, d'un contrôle total, d'une terreur sécuritaire. La dérégulation finit dans un maximum de contraintes et de restrictions équivalant à celle d'une société fonda-

1. Gilles Chatelet, *Vivre et penser comme des porcs*, Folio, Gallimard, 2001, pp. 20 et 31.
2. *Le Monde diplomatique*, Manières de voir, Sociétés sous contrôle, mars-avril 2001.

mentaliste[1] ». Nous vivons dans « un monde de pourris, d'inhumains », nous sommes aussi partiellement complices « d'un système qui affame, tue, exploite, réprime, condamne à la pire des survies des millions de personnes[2] ». Notre temps aurait donc réalisé l'utopie monstrueuse de *1984*. De nombreux libéraux partagent un diagnostic équivalent, à partir de prémisses radicalement différentes. C'est un économiste français, Jacques Garello (proche d'Alain Madelin), qui écrit : « Privée de ses défenses immunitaires contre le virus étatique, la société française est aujourd'hui sous la coupe d'une forme douce mais authentique de totalitarisme[3] ». D'ailleurs « avec la Chine, la France est le seul grand pays communiste aujourd'hui[4] ». « Dictature du prolétariat, disait Marx. Nous y voici. Nous sommes arrivés à un véritable terrorisme intellectuel, syndical et juridique (...) qui interdit aux entreprises d'entreprendre, aux employeurs de licencier, aux actionnaires d'être rémunérés, aux fonds de retraite d'exister, aux concurrents de concurrencer (...). Les décrets des socialistes vont transformer la France en désert économique, en champ de bataille dans les rues, dans les cités, dans les mentalités. Il ne faudra pas cinq ans pour arriver à l'anéantissement, au chaos

1. Jean Baudrillard, « L'esprit du terrorisme », *Le Monde*, 2.11.2001.
2. Miguel Benassayag et Diego Sztuiwark, *Du contre-pouvoir*, La Découverte, 2000, p. 24.
3. Jacques Garello, Philippe Saint-Marc, « Une économie barbare », *Krisis*, 18.11.2000.
4. Jacques Garello, *La Nouvelle Lettre*, n° 668, 1.5.2001.

complet[1]. » C'est un autre libéral républicain, Alain-Gérard Slama, qui dans un essai d'ailleurs brillant sur l'ordre moral contemporain voit dans l'instauration du permis à points, du port de la ceinture de sécurité en voiture ou dans les mesures de protection des prises de courant pour les enfants une forme de contrôle de l'Etat sur la société, proche du régime de Vichy[2]. C'est un autre économiste, Pascal Salin, qui dans un livre argumenté trace sans sourciller une équivalence entre nazisme, stalinisme et social-démocratie, trois formes de l'esclavage administré[3] ! On pourrait multiplier les exemples à l'infini tant est consolante l'idée d'un affrontement radical séparant le bien du mal avec la netteté du couperet. Faute de ce cadre fixe, nous perdons l'atout fondamental de la simplicité, nous errons dans un monde sans unité, opaque à notre entendement. Une fois le spectre fasciste ou soviétique éliminés, il faut à droite et à gauche les ressusciter sans cesse, lancer de nouvelles croisades, se donner le grand frisson de lutter contre l'horreur suprême. Quiconque objecte à ce noble programme est soupçonné de pactiser avec le monstre. Bref, Hitler et Staline rôdent toujours sous la forme de leurs avatars contemporains, d'autant plus insidieux qu'ils se cachent sous le discours mielleux de la bienveillance, de la sollicitude.

---

1. Idem, *La Nouvelle Lettre*, n° 666, avril 2001.
2. Alain-Gérard Slama, *L'Angélisme exterminateur*, Grasset, 1993.
3. Pascal Salin, *Libéralisme*, Odile Jacob, avril 2000.

# Chapitre IV

## Le Grand Satan

*« No one likes us, I don't know why,*
*We may not be perfect, but heaven knows we try,*
*But all around, even our old friends put us down*
*Let's drop the big one and see what happens…*
*Asia's crowded and Europe's too old*
*Africa is far too hot and Canada too cold*
*And South America stole our name*
*Let's drop the big one*
*There'll be no one left to blame us*[1]*. »*

Randy NEWMAN (chanteur pop)
*Political Science*, 1970.

1. « Personne ne nous aime, je ne sais pourquoi, / Nous ne sommes peut-être pas parfaits mais Dieu sait que nous essayons. / Mais tout autour même nos vieux amis nous dénigrent, / Balançons la grosse bombe pour voir ce qui se passera… / L'Asie est trop peuplée et l'Europe trop vieille. / L'Afrique est bien trop chaude et le Canada trop froid / Et l'Amérique du Sud nous a volé notre nom, / Balançons la grosse bombe, / Il ne restera personne pour nous critiquer. »

« Le monde nord-américain nous aveugle de son rayonnement, il nous empêche de nous voir en nous obligeant à ne voir que lui. »

Carlos FUENTES.

« Je préférerais encore être sous le joug de l'Armée Rouge que d'avoir à manger des hamburgers. »

Alain de BENOIST.

On comprend dans ces conditions le succès persistant de l'antiaméricanisme sous nos climats : il permet d'incarner les deux figures de l'ignominie capitaliste, comme culture et comme système économique. Satan a un drapeau, la bannière étoilée ; une monnaie, le dollar, et se présente sous les traits du Bien, de la Vertu. L'Amérique s'est si bien confondue avec l'économie de marché qu'elle paraît l'avoir inventée tant convergent chez elle l'esprit pionnier, le goût de l'initiative et un individualisme farouche proche de l'anarchisme. « L'affaire de l'Amérique, disait déjà le président Coolidge (1923-1929), c'est les affaires. »

## LE CHANCRE YANKEE

Mais l'Amérique semble surtout revêtue de tous les signes auxquels se reconnaît la culpabilité de l'Occident : aussi riche qu'inégalitaire, dominatrice, arrogante, polluante, fondée sur un double crime, le génocide des Indiens et l'esclavage des Noirs, ne prospérant que par la menace et les canons, indifférente aux institutions internationales qu'elle soutient du bout des lèvres quand elle ne les récuse pas, tout entière vouée au culte du billet vert, la seule religion de ce pays matérialiste. Nation étrange qui illustre à bien des égards la théorie marxiste – le fossé entre possédants et dépossédés, le poids de l'argent, des lobbies, du profit, l'impérialisme évident – et où pourtant communisme et socialisme n'ont jamais eu qu'une influence résiduelle (une plaisanterie veut en effet que le parti communiste américain soit composé d'agents du FBI). L'adhésion du peuple américain tout entier, y compris la classe ouvrière, au dogme de la libre entreprise est un phénomène unique, difficilement compréhensible pour un Européen ou un Sud-Américain. Mais c'est aussi là-bas que se développe de façon paradoxale une riche littérature « antimondialisation », d'autant que militants, écologistes, avocats se trouvent à pied d'œuvre au cœur du cyclone pour en décrire les méfaits (mais avec un sens du pragmatisme qui manque souvent à nos activistes). Attac s'inspire du Prix Nobel américain d'obédience keynésienne James Tobin (qui désavoue pourtant tout lien avec eux), les campagnes de boycott de marques ou de désobéissance civile puisent directement à l'exemple anglo-saxon.

Dans ses formes les plus extrêmes, l'antiaméricanisme, et chaque continent a le sien, est un principe d'interprétation global qui offre un triple réconfort théorique, pratique, existentiel. Il incarne à merveille la théorie de la causalité unique, constitue la preuve en dernier recours lorsque la raison a épuisé tous ses arguments. Si l'Amérique n'existait pas, il faudrait l'inventer : sur quel bouc émissaire aussi commode pourrions-nous laver nos péchés, nous défausser de nos ordures ? Où trouverions-nous un tel centre de blanchiment des crimes de la planète puisque tout ce qui va mal sur cette terre peut lui être imputé ? Même les anciens empires d'Europe, chargés d'infamie et de sang, se refont une virginité sur son dos. C'est une chance finalement pour une dictature, un groupe terroriste, d'être pourchassé, montré du doigt par les Etats-Unis. Cela leur vaut immédiatement la sympathie, la bienveillance de tous ceux pour qui « le seul racisme autorisé dans le monde moderne est d'être antiaméricain » (Christopher Patten).

La république impériale à genoux après le 11 septembre fut pour beaucoup non un motif de compassion mais de réjouissance : bien fait pour elle ! Le partage des dépouilles allait pouvoir commencer et la curée serait d'autant plus radicale que la force avait été démonstrative. On a vu alors les chaisières jeunes et moins jeunes du tiers-mondisme ressortir leurs stocks de poncifs pour « interpréter » l'événement, c'est-à-dire l'annexer à leurs préjugés, et nous expliquer, selon la célèbre théorie de l'équivalence, que le régime de Washington est l'exact décalque des « barbares » qu'il prétend écraser.

Le philosophe italien Toni Negri annonce à l'automne 2001 qu'il récuse également « les talibans du dollar et les talibans du pétrole », la romancière anglo-indienne Arundhati Roy discerne dans l'opération « Liberté immuable » « la promotion du mode de vie américain » (sic) et voit Bush et Ben Laden comme des jumeaux idéologiques, les deux faces d'une même « tête de serpent ». Günter Grass et Botho Strauss pointent dans l'effondrement des tours du World Trade Center « les doigts imprécateurs de la finance tranchés » et dans l'expédition en Afghanistan « la guerre des méchants contre les méchants ». Jean Baudrillard, manifestement fasciné par l'esthétique « jubilatoire » de l'attentat, renvoie dos à dos les deux antagonistes : le système a tellement monopolisé la puissance, condensé toutes les fonctions qu'il force les terroristes à lui répondre par un acte définitif et brutal : « Terreur contre terreur, il n'y a plus d'idéologie derrière tout cela[1] ».

Un ennemi de l'Amérique ne peut être tout à fait mauvais, fût-il couvert de sang. Si le débarquement de juin 1944 avait lieu aujourd'hui, gageons que l'Oncle Adolf jouirait de la sympathie d'innombrables patriotes et radicaux de la gauche extrême au motif que l'Oncle Sam tenterait de l'écraser. En revanche, quelle guigne pour un peuple que d'être massacré par une autre puissance que les Etats-Unis : leur extermination se déroule dans l'indifférence générale (les Tchéchènes en savent quelque chose). Aucun crime d'un tyranneau local, d'un fou de Dieu ne pourra jamais égaler le crime fondamen-

1. « Quand la situation est ainsi monopolisée par la puissance mondiale, quand on a affaire à cette formidable condensation de toutes les fonctions par la machinerie technocratique et la pensée unique, quelle autre voie y a-t-il qu'un transfert terroriste de situation ? C'est le système lui-même qui a créé les conditions objectives de cette rétorsion brutale. En ramassant pour lui toutes les cartes, il force l'Autre à changer les règles du jeu ». Jean Baudrillard, « L'esprit du terrorisme », *Le Monde*, 2.11.01.

tal des Américains : celui d'exister tout simplemcnt. *L'Amérique est coupable non pour ce qu'elle fait mais pour ce qu'elle est*, puisqu'elle cumule deux forfaits majeurs, le marché et la suprématie, l'horreur économique et l'horreur impériale. Progéniture déshonorante de l'Europe qu'elle a dépassée et trahie, elle représente le chancre lové dans nos têtes, qu'il faut extirper à tout prix. L'antiaméricanisme n'est donc pas un accident ou un résidu ; il constitue pour beaucoup le seul socle de la réflexion politique, une démonisation folle enrobée dans un discours pseudo-rationnel. Et plus nos intellectuels sont laïques, désenchantés, plus ils ont besoin du diable américain auquel ils « croient » de toutes leurs forces. Aron disait déjà de Sartre que l'Amérique jouait dans son imaginaire le même rôle que les Juifs dans la démonologie national-socialiste.

A quel point le fanatisme anti-yankee oblitère, même chez les plus lucides, toute capacité de jugement, c'est ce qu'a prouvé l'affaire du Kosovo. La guerre menée par l'Otan contre la Serbie au printemps 1999 aura donné lieu en effet à un déchaînement de propos incendiaires qui cristallisent mieux que d'autres une mentalité. C'est le dramaturge anglais Harold Pinter déclarant : « Voici la définition de la politique étrangère américaine : "Baise mon cul ou j'écrase ta gueule". Milosevic a refusé de baiser le cul de l'Amérique, alors Clinton écrase la gueule du peuple serbe » (*Libération*, 9.4.99). C'est le philosophe et trotskyste français Daniel Bensaïd qui rejette d'un même trait Milosevic et l'Otan, « deux formes parfaitement contemporaines et jumelles de la barbarie moderne », c'est le directeur du Musée

Picasso à Paris, Jean Clair, qui compare Belgrade à Guernica et les aviateurs américains aux pilotes nazis indifférents aux populations qu'ils écrasent, c'est le secrétaire du Mouvement des Citoyens, Didier Motchane qui affirme : « L'Amérique entend se servir du conflit du Kosovo pour séparer durablement, par des fleuves de ressentiment et de sang s'il le faut, les Russes des autres Européens » (*Le Monde*, 6.4.99). C'est un sociologue français, Denis Duclos, qui soutient que l'intervention américaine a deux objectifs : « Casser l'Europe, barrer la route à la démocratie mondiale en lente émergence » (*Le Monde*, 22.4.99). C'est un autre intellectuel, spécialiste autoproclamé des Balkans, qui, après huit jours de reportage dans la région sous protection serbe, adjure le président Chirac dans une lettre ouverte de ne pas se joindre à l'armada atlantique au motif que les Serbes, « ce peuple philosémite et résistant », sont des combattants quasi invincibles prêts à défendre chèrement leurs terres et que de toutes les façons le problème n'est pas à Belgrade « mais dans les rues, les cafés, les épiceries du Kosovo (...) Ces hommes-là, c'est un fait, n'ont rien de rassurant (sic)[1] ».

Discutable par ses objectifs strictement humanitaires et le refus d'une intervention terrestre au nom de la doctrine du zéro mort, l'opération de l'Otan fut, selon le mot profond du journaliste Renaud Girard, « un châtiment qui a précédé le crime », probablement motivé par des années d'attentisme et le remords de n'avoir rien fait à Vukovar, Sarajevo, Srebrenica. En

1. Régis Debray, « Lettre d'un voyageur au président de la République », *Le Monde*, 13.5.99.

dépit d'une rhétorique outrancière («le génocide des Kosovars»), d'une alliance douteuse avec la guérilla albanaise de l'UCK qui a peu à envier aux extrémistes serbes en termes d'ultranationalisme, cette intervention a eu le double mérite de sauver les Albanais du Kosovo et de favoriser la chute de Milosevic un an après au profit d'une coalition de démocrates. La même expédition sous le seul drapeau européen aurait-elle changé quoi que ce soit, les bombes auraient-elles été plus douces, les morts moins morts, les dommages moins collatéraux ? On aimerait enfin rappeler aux musulmans exaspérés aujourd'hui contre Washington que la puissance qui a sauvé leurs frères bosniaques et kosovars, ce n'est pas l'Egypte, l'Algérie, la Turquie ou l'Arabie Saoudite, c'est le grand satan étatsunien venant suppléer une Europe déficiente, et comme il a également débarrassé le peuple afghan du régime taliban. Dans les circonstances de crise, les Américains sont les seuls à aller au charbon, à se salir les mains voire à s'embourber, après quoi tous leur tombent dessus et les conspuent.

### Réactionnaire ou progressiste ?

Une pensée furieusement manichéenne voudrait nous placer devant l'alternative suivante : vous êtes libéral ou vous ne l'êtes pas. Aucun moyen terme : c'est l'un ou l'autre. Il est permis de protester d'une logique différente qui ne répondrait pas à cet ultimatum. Comme l'a justement noté le philosophe polonais Leszek Kolakowski, chacun de nous peut être « socialiste, conservateur, libéral », vouloir restreindre les inégalités, conserver les traditions, valoriser l'initiative et la compétitivité. « Ces trois qualificatifs représentent des options qui désormais ne s'excluent pas ».

Quelle naïveté de croire à un renouveau libéral ici, à une percée conservatrice ou socialiste là ! C'est l'idée d'une voie unique du salut qui est récusée alors que prédomine la tendance au saupoudrage, au bricolage. On continue à épouser telle ou telle famille politique mais à l'intérieur d'une tendance dominante les options se relativisent. Insensible aux vieilles joutes, le citoyen de ce début de siècle fait son marché dans les idéologies adverses, picore ce qui lui convient, réclame à la fois plus de liberté et plus d'Etat, s'insurge contre la bureaucratie tout en multipliant les demandes de prises en charge. Qu'est-ce que l'homme contemporain ? La somme de toutes les luttes qui l'ont façonné, la joyeuse cacophonie d'un progressiste et d'un réactionnaire, d'un nationaliste et d'un cosmopolite, d'un agnostique et d'un croyant qui tirent à hue et à dia ; un petit chaos d'idées adverses qui désire tout et son contraire, parcouru d'engouements passagers comme de convictions aléatoires. Voltigeur de credos, brasseur de vulgates, il est peut-être moins versatile que prudent, n'accordant qu'un crédit limité aux anciennes doctrines. Ce mutant ne sait pas mettre fin à la guerre civile qu'il porte en soi, à cette ardente conversation d'ennemis qu'il abrite en lui-même. Il reste un esprit divisé dans un monde déchiré, seule condition pour échapper au fanatisme simplificateur.

## LE DESPOTISME AFFABLE

La force de l'Amérique serait donc de nous coloniser de façon subreptice, d'occuper nos cerveaux par « la persuasion clandestine » pour reprendre le titre célèbre de Vance Packard. Nous avons tous « l'Amérique dans la tête » et ceux qui croient parler et décider librement sont de simples ventriloques, des marionnettes dont d'autres tirent les ficelles. « Avec CNN, la planète entre en Amérique et la politique étrangère de la métropole achève de s'intégrer à sa politique intérieure ; et à l'intérieur de McWorld l'Amérique, fournissant à tous le son et l'image par grand et petit écran, meuble à ses conditions l'inconscient collectif des jeunes de banlieue jusqu'aux gouvernements[1]. » Bref, l'Amérique « n'a même plus besoin d'être dominatrice. Elle est devenue pour nous irréfutable, c'est-à-dire intérieure[2] ». Parce qu'elle formate le style et le rythme des images modernes, elle « pénètre en nous par les yeux[3] ». Peu importe que les films ou les séries soient français, allemands, italiens, chinois, dans le fond ils sont tous gagnés par l'esthétique yankee : « L'américanisation des esprits est tellement avancée que la dénoncer apparaît à certains de plus en plus inacceptable. Il faudrait pour y renoncer être prêt à s'amputer d'un grand nombre de pratiques culturelles (vestimentaires, sportives, ludiques, distractives, langagières, alimentaires) auxquelles nous nous livrons depuis l'enfance et qui nous habitent en permanence. Beaucoup de citoyens européens sont désormais des “transculturels”, des mixtes irrécon-

1. Régis Debray, « L'Europe somnambule », *Le Monde*, 1.4.99.
2. *Ibid.*
3. Ignacio Ramonet, *Propagandes silencieuses*, *op. cit.*, pp. 14, 15, 16.

ciliables possédant un esprit américain dans une peau d'Européen[1]. »

Si l'Amérique est pour certains l'ennemi archétypal, c'est qu'un bon ennemi est aussi une force qui vous enrôle sous sa bannière et vous convainc à votre insu de son bon droit. (En quoi l'islamisme radical ne sera jamais le substitut du communisme puisqu'à l'exception de quelques égarés chez nous, il ne séduit personne hors de son aire d'influence.) On se souvient que pour décrire le phénomène colonial, le psychiatre antillais Frantz Fanon avait utilisé dans les années 60 la métaphore des « peaux noires, masques blancs ». La mentalité du colon a pénétré la tête du colonisé et faussé sa vision du monde, l'amenant à pactiser avec son maître. Il en est de même de l'Amérique : installée au cœur de notre intimité, elle règne en souveraine. Autrement dit, consentants ou non, nous sommes des « collabos » du géant US, en pleine narcose, contrôlés et manipulés. Curieusement, l'argument d'Ignacio Ramonet rappelle cette série américaine des années 50 qui eut un grand succès en pleine guerre froide : *Les Envahisseurs*, ces créatures de l'espace qui préparent l'invasion de la terre en se glissant dans la peau de gens ordinaires. Parce qu'ils ressemblent à Monsieur Tout-le-monde, chacun devient un suspect en puissance, de même que tout citoyen américain pouvait dissimuler un « rouge » en action. On n'est plus ici dans l'analyse politique, on est dans l'exorcisme : Ramonet est ce désenvoûteur, ce marabout d'extrême gauche qui vient délivrer les possédés que nous sommes. De même qu'en psycha-

1. *Ibid.*, p. 15.

nalyse toute résistance est signe de refoulement, toute objection à la prépondérance américaine vient en confirmer l'existence. La preuve de notre asservissement à Washington, c'est que nous sommes incapables de l'admettre, le véritable esclave étant celui qui se croit libre. Seul un petit groupe de sages et d'élus échappe à l'intoxication collective.

Il y a quelque chose d'exact dans ce raisonnement. L'antiaméricanisme ne serait pas si virulent s'il ne cachait une dose importante de fascination. *L'Amérique : le plus grand pouvoir de séduction allié au plus grand pouvoir de répulsion*. Elle horripile et envoûte parce qu'elle incarne la modernité dans ses pires et ses meilleurs aspects, avec ce petit plus de déraison et d'excès qui la rend unique. Sa singularité, c'est d'avoir su combiner le rêve et la loi, l'utopie de la page blanche avec un juridisme scrupuleux, les promesses de la tolérance avec le volontarisme du pionnier. Son ambition fut de recommencer l'Histoire sur la base d'un contrat : tout est possible. « Ce que l'Amérique a ajouté de plus important à l'expérience du monde, ce fut le simple fait surprenant de l'Amérique elle-même. Nous avons contribué à préparer l'humanité à toutes ses surprises à venir » (Daniel J. Boorstin).

Cette terre d'exception autant que d'élection, avide d'échapper au chaos des sociétés ordinaires, a ouvert des horizons nouveaux aux autres peuples : même la banalité, elle la surdimensionne, comme ces fruits et légumes, dans les supermarchés, trop gros, trop brillants, ces portions trop grandes au restaurant. Ses défauts ne sont pas seulement ceux de la bourgeoisie européenne, vulgarité et petitesse, ils relèvent là aussi de la catégorie du monstrueux. La bêtise quand elle s'y déchaîne est massive, implacable comme un cyclone, la laideur repoussante surtout quand elle se drape dans les bons sentiments et les flots de guimauve. Cette société de la pléthore doit toujours se protéger de ses outrances, la suralimentation, l'obésité, le gigantisme, le surplus. Dans la fureur qu'elle inspire entrent de la stupeur, de l'admiration et de la jalousie. Les mêmes qui brûlent la bannière étoilée se précipitent dans les *fast-foods*, ne voient que des films *made in USA* et vomissent le géant américain dans les symboles mêmes de l'Amérique. En avril-mai 1999 les adolescents qui à Belgrade organisaient des concerts de rock pour protester contre les bombardements de l'Otan portaient, paraît-il, des casquettes des *Chicago Bulls*. Quant aux membres du réseau Al Qaïda, ils se sont eux aussi inspirés, dans leur attaque des Twin Towers, d'un mauvais scénario hollywoodien.

Cet engouement, lointain rappel de l'anglomanie des classes dirigeantes au XIXe siècle, ne va pas sans jobardise : quand la moindre bluette d'un cinéaste new-yorkais, les gribouillis d'un auteur du Bronx ou du Montana sont accueillis en Europe, surtout à gauche, avec des spasmes d'admiration que ne recueilleraient jamais les mêmes livres ou films s'ils provenaient de Brest ou de Florence. La vénération de l'Amérique se fera volontiers par le biais de ces Américains « dissidents » qui se réclament de la contre-culture et se veulent critiques de leur patrie. L'amour se trouve alors dédouané et s'engouffre dans cette voie, se croyant lucide et froid. Tant de chanteurs, artistes, romanciers nous annoncent depuis des lustres la fin du rêve américain ! Mais le rêve américain, même lorsqu'il ressemble à un cauchemar continue à faire rêver et survit à tous ses constats de décès. Adorer l'Amérique à travers l'aversion que lui vouent certains de ses citoyens constitue sans doute la forme d'attachement la plus solide.

Ainsi les Etats-Unis, cette république roturière, nouveau riche, dépourvue de style et de manières, ce parangon de vulgarité et de clinquant, suscite-t-elle, même chez ses détracteurs, une adulation singulière. Une telle détestation qui traverse les siècles, les générations, les familles politiques vaut pour privilège : aucun empire n'est aujourd'hui aussi déprécié diffamé, piétiné. Voyons encore le cas Ramonet car il est symptomatique. Quand il nous explique que les Américains nous obligent à énoncer les problèmes du monde dans leurs propres mots car ils se sont assurés du contrôle du vocabulaire, des concepts et du sens et souhaitent établir « un délicieux despotisme, une oppression affable », il nous suggère qu'il est au fond lui-même une créature asservie, une des voix de l'Empire. Le soupçon resurgit quand il analyse avec méticulosité les séries policières (*Columbo*, *Kojak*) ou les films catastrophe : la passion manifeste qu'il y met prouve que son livre est d'abord un *cri d'amour contrarié* pour le cinéma américain alors qu'il avoue à la fin du livre son ennui profond du cinéma militant. Mais pour concilier ce penchant avec ses convictions politiques et surmonter ce grand écart, Ramonet doit s'abandonner à la veine critique du démontage. Ce qu'il nous raconte ici, c'est moins les propagandes silencieuses dont nous serions abreuvés que l'histoire d'une inclination malheureuse : sa propre aliénation à la culture yankee. La virulence du réquisitoire cache à peine l'intensité de l'exaltation. C'est un acte de repentir à l'égard d'une maîtresse trop injuste qu'on s'en veut d'aimer encore.

## LES VISAGES DE LA RÉPROBATION

Il y a donc mille raisons d'abhorrer l'Amérique : pour sa réussite économique insolente, son hyperpuissance, sa ségrégation persistante, la brutalité de son système carcéral, son idéalisme larmoyant mis au service du cynisme et de l'avidité du *Big Business*, ses inégalités sociales et surtout son incroyable arrogance résumée par ces deux formules : « Le mode de vie américain n'est pas négociable », disait lors de la guerre du Golfe le président George Bush senior. Et le porte-parole de son fils, commentant l'abandon du protocole de Kyoto le 17 mai 2001 : « Le président pense que le niveau élevé de consommation d'énergie correspond au mode de vie américain et que l'une des tâches des élus est de protéger le mode de vie américain. Le mode de vie américain est béni[1] ». On peut reprocher aux Etats-Unis leur hypocrisie en matière de politique étrangère, l'impudence avec laquelle ils gèrent leurs barbares, les subventionnent et les renient quitte à engendrer des monstres qui se retournent contre eux (« Noriega est un fils de pute, disait un haut gradé de l'armée, mais c'est notre fils de pute ») ; leur propension à

1. Cité par Nicolas Baverez, « USA : la tentation de la démesure », *Le Monde*, 26.06.01.

jouer du *« Big Stick »*, du gros bâton, au sud du Rio Grande, dans leur arrière-cour latino-américaine quand leurs intérêts sont en jeu, au mépris de la volonté des peuples ; leur duplicité lorsqu'ils préconisent un modèle qu'ils n'appliquent pas eux-mêmes, violant leur credo libéral par un protectionnisme et un interventionnisme agressif dans les domaines cruciaux de l'armement, de l'espace, de la culture, de l'automobile. Enfin ces enfants dévoyés du Vieux Monde doivent aussi payer pour avoir par trois fois sauvé l'Europe de ses démons, en 1917, en 1942 et en 1947. Une telle dette s'apparente à un affront. Bref, de quelque côté qu'on les prenne, ils ont tort. Avec eux on n'a que l'embarras du choix tant ils incarnent avec la perfection d'une épure le fossé qui sépare l'idéal démocratique de ses résultats concrets, surtout lorsqu'il est couplé avec une telle prépondérance. Gorgé d'une rhétorique moralisante, « l'Empire » est incapable d'honorer ses engagements.

Car il personnifie, de par son écrasante supériorité, la double dimension du bourreau et de la victime. Il reste bien le principal garant de la paix et du « monde libre » en l'absence d'une Europe incapable pour l'instant de se construire une défense crédible. D'où la stupeur de s'apercevoir que le protecteur est faillible et peut être ébranlé par quelques dizaines de pirates de l'air déterminés. Mais la conviction des Américains d'être « élus » pour bâtir une nouvelle Jérusalem lavée des péchés du genre humain fait craindre à tous un coup de folie si par malheur un quelconque Docteur Folamour, à la Maison-Blanche ou au Pentagone, prenait une décision extravagante et voulait réduire la complexité des affaires humaines à la seule logique de l'atome, au nom d'une croisade contre le Mal. Ajoutons que de sérieux différends opposent le Vieux et le Nouveau Monde sur les questions commerciales, l'hégémonie culturelle, l'Etat-providence[1], mais aussi sur l'idolâtrie de l'argent, la guerre des sexes, le puritanisme persistant. Il est vrai que là-bas, l'Etat-providence, c'est l'Amérique elle-même, corne d'abondance censée accueillir tous les persécutés du globe. Il est vrai aussi que le choix du plein-emploi sans assistance (Etats-Unis) ou du chômage assisté (Europe) s'enlève sur un fond d'inégalités semblables[2]. Enfin la République française, depuis 1789, s'est toujours exprimée, comme sa consœur américaine, au nom de l'universel, proclamant des droits nouveaux pour l'humanité entière. Si bien que l'Amérique est devenue, au milieu du XX^e siècle, la rivale par excellence, le contre-modèle florissant qui soulignait par contraste la crise du nôtre. Plus les Français adoptent certaines méthodes anglo-saxonnes dans le tra-

1. L'Amérique possède elle aussi un Etat-providence, différent du nôtre et placé sous haute surveillance par les classes moyennes et supérieures qui ne veulent pas payer pour les plus défavorisés, surtout si ceux-ci touchent des allocations sans travailler. D'où le remplacement tendanciel du *Welfare* par le *Workfare*, l'obligation de prendre un emploi pour recevoir une aide. Mais on ne trouve rien d'équivalent à notre Sécurité sociale. En 2001, 18,5 millions de personnes bénéficiaient de bons de nourriture. En janvier 2002, le président Bush propose d'étendre cette mesure à tous les immigrants non citoyens. (*New York Times*, 10.1.02.)

2. Jean-Claude Guillebaud, *La Refondation du monde*, Seuil, 1998, p. 141.

vail, la gestion, la production industrielle – et l'on sait combien nos socialistes de gouvernement étaient jusqu'à il y a peu fascinés par la réussite américaine – plus ils se croient obligés d'en récuser les valeurs. Le décalque ne peut se faire que sur le mode de la dénégation.

## LA STRATÉGIE DU FORT AU FAIBLE

Décrire le magnétisme dont jouit l'Amérique par le fait qu'étant hégémonique, elle peut façonner les esprits et les orienter vers sa propre adoration est une tautologie. L'Amérique nous dominerait parce qu'elle est dominante. Vient un moment où la critique la plus acerbe perd le sens des proportions : si les Etats-Unis sont l'enfer que certains décrivent, si les pauvres, les migrants, les Noirs y sont soumis à des tortures dignes d'un Etat totalitaire, pourquoi ses citoyens ne les quittent-ils pas par millions comme le firent les boat-people du Vietnam ou de la Chine ? Comment expliquer que cet oppresseur abominable soit aussi l'idéal des peuples opprimés, que tant d'hommes et de femmes de par le monde rêvent d'y émigrer ? Vient un moment où l'examen nécessaire bascule dans le dénigrement et perd toute crédibilité. Outre que la démocratie y reste très vivante et par certains côtés exemplaire – les régimes anglo-saxons furent les rares au XXe siècle à échapper à la tentation fasciste et stalinienne – il faut reconnaître dans la culture américaine une inventivité, un dynamisme qui parlent au cœur de chacun, une grandeur qui confine parfois au sublime : voyez New York, Chicago, San

Francisco. La réduire à un divertissement d'ilote, au délassement primaire du cow-boy, c'est se rassurer à bon compte sur notre génie. En France le ressentiment se dissimule souvent sous les voiles de la perspicacité et de l'intelligence. Que je sache le talent n'est pas moins rare et précieux sur les bords de Seine que sur les rives du Potomac ou de l'Hudson. On ne gagne rien à sous-estimer ce rayonnement, à offrir de cette civilisation une vision caricaturale tout entière marquée par la lutte, la violence, la bêtise.

C'est une évidence à toujours rappeler : la raison nous commande d'être pro-européen et non pas anti-américain. Pour arrêter la puissance il faut se constituer soi-même en puissance, laquelle équilibrera l'autre autant qu'elle s'en inspirera, s'édifiera sur un socle de valeurs communes. Pour concurrencer les Etats-Unis, l'Europe devra commencer par leur ressembler de quelque façon. Car ceux-ci anticipent avec plus ou moins de bonheur des problèmes qui se poseront un jour à nous. Leurs solutions, pour contestables qu'elles soient, méritent un examen plus approfondi qu'une récusation sans appel. (Nous n'échapperons pas au débat sur la discrimination positive alors que chez nous Maghrébins, Noirs, Asiatiques restent scandaleusement sous-représentés dans les médias, l'administration, la politique, l'entreprise.) En dépit des tensions intercommunautaires, les USA constituent la première société multiraciale du monde, la plus métissée, la seule pour l'instant à considérer les immigrants non comme une plaie mais comme une richesse, ce qui fait de ses grandes villes un magma coloré de profils, d'ambitions, de langues. Selon le juste mot d'Alfredo G.A. Valladao,

« tout le monde peut devenir américain parce que l'Amérique c'est déjà tout le monde[1] », une nation aux mille identités poursuivant un rêve de réussite individuelle accessible à tous, indépendamment de ses origines ou de son sexe. On peut contester cette « grande machine à fabriquer de l'universel » (Valladao), ne pas voir en elle forcément l'avenir du genre humain, encore faudrait-il lui opposer autre chose que des remontrances et construire par soi-même un meilleur modèle de justice sociale et de cohabitation ethnique.

En d'autres termes, il faut choisir entre deux sortes de mimétismes : celui du perroquet qui se contente de reproduire machinalement l'*american way of life* et celui du faible au fort qui se met à l'école du second pour mieux lui échapper. Le premier se résume à un carnaval de singeries qui vont du fast-food à l'uniforme jeune, sans oublier l'usage pathétique du franglais chez nos publicitaires, entrepreneurs, journalistes, nouveau sabir branché qui est un affront au génie des deux langues et aggrave en général l'ignorance de l'une par la méconnaissance de l'autre mais donne, il est vrai, à ceux qui le baragouinent, l'illusion de s'arracher à la glèbe nationale. Autant de parodies, plus prégnantes chez les adolescents, qui laissent échapper ce que la Rome d'aujourd'hui a de meilleur, une culture du risque et de la mobilisation, un certain empirisme, une faculté de convertir l'échec en leçon, un enthousiasme inébranlable, un patriotisme intransigeant. (S'il est

1. A. G. A. Valladao, *Le XXI^e siècle sera américain*, La Découverte, 1993, p. 87.

une chose que l'Amérique peut nous enseigner, c'est à retrouver le sens de la nation et d'une véritable politique industrielle.) L'équation américaine : le bonheur pour tous plus l'optimisme historique. L'équation française : la culture des plaisirs plus le scepticisme raisonné. La première dégénère parfois en entreprise insensée, la seconde en paralysie.

Il est une autre façon de suivre les traces du vainqueur qui consiste à lui voler son secret pour s'émanciper de lui : retrouver l'esprit qui l'anime, jouer son jeu pour mieux le bouleverser. S'approprier la mentalité de la puissance dominante, c'est déjà frayer le chemin d'un minuscule divorce, se donner les moyens de la battre sur son propre terrain. L'ignorance pure et simple serait suicidaire, la dépendance servile également. Reste la voie d'un suivisme paradoxal, d'un risque calculé : « faites comme nous », disent les Américains qui s'érigent en standard universel. C'est donc en faisant comme eux dans certains domaines que nous finirons peu à peu à faire sans eux. Et les milliers d'étudiants français, italiens, espagnols qui partent outre-Atlantique chaque année viennent *apprendre pour se déprendre*, s'initient à de nouveaux usages pour les réintégrer à leur profit. A l'aliénation momentanée succède le retour à soi, décomplexé, enrichi d'une dimension nouvelle. Contrefaire, c'est aussi diverger, domestiquer le modèle prestigieux pour l'emporter ailleurs. Nous nous tenons probablement dans ce processus au milieu du gué. Et le mimétisme vis-à-vis de l'Amérique signifie autant la sujétion que la délivrance, la régénération au contact d'une culture dominante. Générosité de l'éponge d'un côté, intelligence de la bonne synthèse de l'autre qui réélabore patiemment les stratégies des maîtres du moment. Pour se défaire de l'emprise américaine, il faut commencer par étudier l'Amérique, la piller, se familiariser avec ses règles afin de les retourner contre elle. La culture américaine est devenue « un opérateur d'universalisation[1] » dans lequel nos particularités peuvent se reformuler sans se perdre.

## L'AMÉRIQUE N'A PAS LES MOYENS D'ÊTRE UN EMPIRE

Quant au danger d'un monde unifié sous la férule de Washington, il relève du fantasme pur et simple : non seulement on surestime le poids de la langue anglaise, parlée nous disent les spécialistes par 20 % de la population mondiale, même si elle devient celle des échanges, mais cet anglais qui se propage, ce *broken english*, s'appauvrit en s'étendant : tous l'ânonnent sans le connaître et communiquent vaguement avec un minimum de mots. Bref, il perd peut-être en qualité et en richesse ce qu'il gagne en expansion[2].

1. Jean-Loup Amselle, *Branchements*, Flammarion, 2001.
2. En 1996, le politologue Samuel Huttington, désireux de rabattre son caquet à son pays et de lui rappeler la courte distance qui sépare le Capitole de la roche Tarpéienne, soulignait chiffres à l'appui que la part de l'anglais dans le concert des langues vivantes ne cessait de diminuer, passant de 9,8 % en 1958 à 7,6 % en 1992 au profit de l'arabe, de l'espagnol et des diverses variantes du chinois. (*The Clash of Civilizations*, Simon and Schuster, New York, 1996, pp. 110-111.) Sur ce livre, je renvoie à mon étude dans la revue *Esprit* : « Samuel Huttington ou le retour de la fatalité en histoire », novembre 1997.

Mais surtout, l'Amérique n'a pas vocation à être un empire, même si certains de ses dirigeants en nourrissent l'illusion, pour la simple raison qu'elle est une société hédoniste et individualiste nullement prête aux sacrifices qu'implique une telle ambition. Elle est impérialiste sans doute mais sans les conséquences politiques et anthropologiques que suppose un tel statut. Elle n'a tout simplement pas la carrure pour mener à bien une telle entreprise : d'où la délégation au marché, dans l'idéologie néolibérale, du soin de « civiliser » le monde et le fiasco qui s'est ensuivi. Il y a un décalage saisissant entre la force du géant nord-américain et la mentalité de ses habitants : ceux-ci peuvent connaître des moments de grande solidarité, des sursauts patriotiques durables mais ils ne sont pas façonnés pour diriger le globe et ne le seront jamais puisque le « message » de l'Amérique, c'est l'accomplissement personnel et l'amour de la vie. *Ce n'est pas le leadership américain qui est inquiétant, c'est plutôt sa discrétion, le sentiment que ce gendarme à éclipses n'est pas à la hauteur de la mission qu'il s'est impartie.* La preuve : les diverses administrations au pouvoir depuis 1989 ont été incapables d'assumer un nouvel ordre mondial, tel un enfant qui a les yeux plus gros que le ventre et cale à la première bouchée[1]. Ivre de sa réussite matérielle,

1. Répondant à l'éditorialiste conservateur Charles Krauthammer qui plaide pour la domination globale de l'Amérique et explique qu'en matière de défense et d'écologie Washington a raison de n'en faire qu'à sa tête puisque la Russie ne compte plus, la Chine est négligeable et que l'« impérialisme débonnaire » des USA est bon pour le monde entier, sa paix et

culturelle, économique, l'Amérique a oublié que « le pire ennemi du succès, c'est le succès lui-même[1] » et que l'omnipotence dont elle se glorifie de façon vaniteuse est un fardeau trop lourd pour ses épaules. Elle avait déjà perdu l'innocence dans la débâcle du Vietnam, elle doit désormais faire le deuil de l'insouciance, sortir de sa splendide suffisance, partager sa souveraineté, se plier aux institutions internationales sous peine d'un isolement croissant.

Il est donc temps de soulager la métropole anglo-saxonne de sa lourde tâche. Encore faudrait-il que l'Europe se délivre de son complexe de Peter Pan et accepte de grandir, d'assumer son destin sur tous les plans, cesse de confier à l'Otan le soin d'assurer sa défense. Les Etats-Unis, c'est certain, doivent apprendre la modestie et qu'ils ne sont pas seuls sur terre : ils auraient tout intérêt à une telle division des responsabilités avec leurs alliés. Mais il est naïf d'attendre d'eux une réforme fondamentale de leur état d'esprit : ce qui a été façonné par quatre siècles d'histoire ne sera pas défait en une génération. Ils continueront longtemps à manifester ce cocktail étonnant de bonne conscience[2], de sympa-

---

sa démocratie, William Pfaff souligne qu'une telle vision des choses risque de se heurter à de dures réalités, et à la toute première, à savoir que les Américains dans leur ensemble n'ont aucune envie de devenir les maîtres de l'univers. William Pfaff, « Global Domination ? Tell US Conservatives It's Been Tried », *International Herald Tribune*, 16-17.6.01.

1. David Landes, *Richesse et Pauvreté des nations*, p. 679, Albin Michel pour la traduction française, 2000.

2. « Qu'ai-je à répondre quand je vois que, dans certains pays musulmans, il y a une haine au vitriol contre l'Amérique ? Je

thie condescendante et de désintérêt militant pour les autres peuples qui est leur marque de fabrique. Ce n'est pas à eux, c'est à nous de changer, de réorienter notre énergie au lieu de nous mirer piteusement dans le miroir du cousin yankee[1]. C'est la rivalité qui nous unit à l'Amérique, nous pousse à la singer, à la maudire avec acrimonie, c'est la coexistence dépassionnée qui nous détache de nos voisins européens et nous éloigne d'eux. Il est temps de convertir cette rivalité en saine émulation, en compétition positive entre deux blocs proches et différents qui ont beaucoup à apprendre l'un de l'autre en termes d'audace et de sagesse. On peut faire grief de tout à l'Amérique sauf de notre apathie. En quoi ceux qui se disent souverainistes devraient être qualifiés de défaitistes puisqu'en maudissant Bruxelles et ses bureaucrates, en refusant toute formule fédérale ou confédérale, ils ne se dotent pas des moyens politiques de faire pièce à la suprématie nord-américaine. *Ils préfèrent gémir plutôt qu'agir*. Car les vitupérations « anti-impérialistes » ont ceci de spé-

vais vous dire ma réponse : je suis stupéfait. Stupéfait qu'il existe tant d'incompréhension pour ce qu'est notre pays. Je suis… je suis comme la plupart des Américains, je ne peux pas y croire. Parce que je sais combien nous sommes bons. » Conférence de presse du président George W. Bush, 11 octobre 2001.

1. « Les pays de l'Union européenne consacrent 1,8 % de leur PIB à leur défense commune, contre 3,6 % pour les USA, et leurs budgets militaires sont en décroissance réelle de 22 % depuis 1990 alors qu'ils se situent au contact ou à proximité des zones concentrant nombre de risques de l'après-guerre froide : l'ex-Empire soviétique, les Balkans, le Proche-Orient, le continent africain, Maghreb en tête. » Nicolas Baverez, *Le Monde*, 28.5.01.

cieux qu'elles tiennent au maintien de leur objet d'exécration. Elles ne vitupèrent pas pour tuer mais pour conserver : ce sont de simples figures de rhétorique pour continuer à réprouver en toute quiétude. Cette aversion constitue une forme particulière de renoncement : on s'y engouffre dès lors qu'on s'est résigné à l'état de fait. C'est qu'on y tient, à notre grand croquemitaine US, il est la seule chose tangible sur laquelle on puisse faire fond, l'adversaire idéal qui cumule toutes les abominations possibles.

Il n'est pas de fatalité de la prépondérance américaine ni du recroquevillement européen à condition que l'Union devienne autre chose qu'une conjonction d'impuissances, forge de nouveaux outils politiques et militaires crédibles (et s'entende notamment sur un modèle social européen rénové et repensé). Les cartes sont entre nos mains. Ou nous édifierons un contre-pouvoir, ou nous serons vassalisés avec notre consentement, voués à jouer les mouches du coche, cantonnés à une simple diplomatie de la protestation, du contre-pied. Il faut travailler à notre renforcement plutôt que médire de notre cousine d'outre-Atlantique, ce qui n'empêchera jamais les liens de solidarité, d'amitié et de compétition forgés par une longue histoire commune. L'antiaméricanisme, cette maladie infantile d'une Europe en voie d'élaboration et d'une Amérique latine qui n'a pas construit son unité, cessera du jour où l'on ne demandera plus leur avis ou leur permission sur tout aux Etats-Unis, où l'on fera éventuellement sans eux dans les grandes affaires du monde. Bref, du jour où l'on ne verra plus leurs particularités économiques ou culturelles comme des contraintes mais comme des contrastes.

## Chapitre V

# Dans la chaude complicité d'une vieille haine

> « Le capitalisme, c'est l'exploitation de l'homme par l'homme. Le socialisme c'est le contraire. »
>
> Proverbe des dissidents d'Europe de l'Est à l'époque communiste.

Qu'est-ce que le capitalisme, ce vieux mot terriblement usé par trop de polémiques ? Le plus grand créateur de richesses de l'Histoire, disait Marx qui lui assignait une mission quasi messianique. Un phénomène moderne émancipateur né en Europe, qui suppose la constitution du marché comme sphère des échanges mutuellement avantageux. Une éthique des affaires qui multiplie « les chances formellement pacifiques de profit » (Max Weber) et ne se réduit nullement à « une apologie de la cupidité » (Amartya Sen) mais repose sur le goût du travail, la confiance, l'innovation permanente menée par la classe des entrepreneurs. Il est aussi une culture, l'invention d'un nouveau type d'homme méthodique et prévoyant (Max Weber), soumis au calcul, et mû par l'appât du gain systématique, « la rationalisation de l'égoïsme » (Joseph Schumpeter).

Il peut y avoir des marchés sans capitalisme, épars et limités, comme au Moyen Age, et un capitalisme sans marché, « le privé protégé de la concurrence par un pouvoir politique complice et rétribué[1] ». Mais le capitalisme, c'est surtout la promotion de l'économie comme science autonome dissociée de toute référence religieuse, éthique, politique, contemporaine de l'émergence et du triomphe de l'individualisme (Louis Dumont). Avec lui, la personne humaine devient propriétaire de soi, entrepreneur de sa propre vie, gestionnaire de ses intérêts, maître de son destin, vouée à l'amélioration régulière de son sort. C'est à partir des Lumières que la logique économique conquiert peu à peu un droit de suzeraineté sur les autres activités, avec l'espoir propre à certains courants doctrinaux dès le XVIIIe siècle, de réconcilier la morale et l'intérêt, le progrès technique et spirituel, le commerce et la vertu : rapatriement de tous les ordres humains dans une seule sphère, qui devient la valeur suprême.

## LA SACRALISATION NÉGATIVE

Curieusement, le credo des activistes antimondialisation, comme nous l'avons déjà suggéré, est l'envers exact de celui des libéraux : où les thurifé-

1. Jean-François Revel, *La Grande Parade*, Pocket, 2001, p. 74.

raires de l'« ordre spontané » nous annoncent l'Eldorado, les premiers pointent l'Enfer, des catastrophes en série. Rédemption ici, déchéance là : dans le ballet monotone des adorateurs et des imprécateurs, c'est un même catéchisme qui émerge. Que le marché soit la clef providentielle de l'Histoire ou le générateur de toutes les afflictions, cela revient au même puisqu'*à chaque fois on le met au centre*. Keynes entendait, paraît-il, ravaler les problèmes économiques au rang de soins dentaires. Au lieu de quoi il a continué à écrire des volumes qui l'ont à juste titre rendu célèbre. Au nom de l'ambition légitime de faire de l'économie la servante de l'homme (René Passet), on multiplie les approches et les hypothèses économiques dans le souci, par ailleurs louable, de battre le système sur son propre terrain.

Autrement dit, pour lutter contre le capitalisme, il faut commencer par l'apprendre, se mettre à son école. *Il oblige toujours ses contempteurs à répondre dans sa propre langue* : manifester par exemple son indignation devant la Bourse en conspuant courtiers et agents de change, c'est encore s'incliner devant ces financiers qu'on abhorre, pratiquer une sacralisation négative. De la même façon, le vandalisme est un hommage indirect à l'ogre marchand qui a besoin de la destruction constante du parc des objets pour les renouveler : brûler une voiture, ce n'est pas seulement nuire à son propriétaire, c'est aussi, de façon primitive, accélérer la production de véhicules. On touche là aux limites d'une certaine forme de protestation. (Parce qu'il est la continuation de la rapine et du pillage par des moyens pacifiques, le commerce reste hanté par ses origines, et le négociant par le voleur, son ancêtre et son double qui se rappelle si souvent à son bon souvenir.)

Ainsi de la taxe Tobin préconisée en France par le groupe Attac (qui porte, ironie de la chose, le même nom qu'une chaîne de supermarchés). Son ambition est double : rendre de l'autorité monétaire aux Etats en prélevant un pourcentage minime de 0,1 à 0,5 % sur les transactions financières à court terme, et freiner les mouvements spéculatifs sur le marché des changes. Quoi qu'on pense de la faisabilité d'une telle mesure[1], on ne peut qu'être frappé d'abord du contraste entre sa modestie relative et la mission formidable dont elle est investie dans l'esprit de ses défenseurs. A leurs yeux, elle constitue l'arme parfaite – du moins la première d'une série d'autres – pour corriger ce qui va mal sur terre, apaiser « les innombrables besoins en souffrance (accès à l'eau, au logement, lutte contre les pandémies)[2] », rendre à la politique sa véritable dimension, sanctionner les paradis fiscaux, bref, ouvrir une brèche dans le fatalisme, « se réapproprier ensemble l'avenir de notre monde[3] ».

Comment ne pas voir toutefois que le succès de cet impôt présuppose l'existence et même la persistance de ce qu'il est censé réprimander : le com-

1. On en lira un bon descriptif chez un auteur qui lui est favorable, Jean-Marc Salmon, *Un monde à grande vitesse*, Seuil, 2000, pp. 190 à 198.
2. Bernard Cassen, « Non, la mondialisation n'est pas heureuse », *Le Monde*, 24.8.01.
3. *Tout sur Attac*, Mille et une nuits, mai 2000, p. 16.

merce sur les devises, seul à même de le payer[1]. Etrangement, on entretient ici ce qu'on prétend abolir, surtout quand on espère retirer de ce prélèvement « entre plusieurs dizaines et plusieurs centaines de milliards de dollars en fonction des différents scénarios[2] ». Que la circulation vienne à ralentir et voilà les milliards qui s'envolent et avec eux toute perspective de réparation. Si James Tobin a désapprouvé publiquement ceux qui se réclament de lui, c'est qu'il s'estime trahi : il entendait, par son initiative, exercer un effet dissuasif sur les marchés des changes en renchérissant le prix des allers-retours quotidiens ; ils souhaitent, eux, multiplier les rentrées financières. Or, c'est une chose que de vouloir tarir une spéculation en faisant pression sur les cambistes, une autre que de chercher à en tirer un bénéfice, fût-ce au nom des meilleures intentions. Dans un cas, on assèche la volatilité des capitaux à la source, dans l'autre on l'accélère en vue d'une bonne action. Etrange, ce châtiment qui nourrit la faute : à défaut d'abattre l'hydre financière, on lui administre une petite dîme qui l'encourage dans son vice. Ce « grain de sable » dans les rouages de la finance internationale (Bernard Cassen) évoque plutôt une goutte d'huile qui fluidifie toutes les transactions. Punition symbolique qui masque mal un encouragement réel. Outre que la question se pose de savoir si la spéculation en tant que risque calculé n'est pas le moteur

---

1. René Passet note que la bonne taxe Tobin serait « celle qui ferait disparaître sa propre assiette et rapporterait peu ». *L'Illusion néolibérale*, *op. cit.*, p. 211.
2. *Tout sur Attac*, *op. cit.*, p. 57.

même de l'activité (et de la pensée) marchande[1], on s'étonne d'ailleurs qu'Attac n'appuie pas la création de l'euro, lequel a pour effet immédiat de freiner tout négoce de devises entre les pays de la zone[2].

Ambiguïté de l'anticapitalisme contemporain : loin de mettre au régime l'affairisme ambiant, il le renforce en se flattant de le corriger. On reste avec lui dans la logique de ce que l'on souhaite dépasser : même obsession des chiffres, mêmes comptes d'apothicaire, que l'on brasse des millions ou des centimes. On peut créditer les militants d'Attac de la volonté d'établir « une économie à finalité humaine » où « les droits et la dignité des populations primeraient (...) sur les profits financiers » mais force est d'admettre que pour accomplir un tel programme, ils commencent par nous donner des cours d'économie. Plus l'on veut libérer l'homme des servitudes de cette dernière, plus l'on multiplie les approches économiques et l'on voit d'éminents

1. Comme le démontre avec pertinence Michel Henochsberg qui, citant le mot de Jacques Chirac : « La spéculation est le sida de l'économie » (Halifax, Réunion du G7, 1995), refuse de distinguer entre le bon entrepreneur et le méchant spéculateur, l'un et l'autre procédant au même état d'esprit. *La Place du marché*, Denoël, novembre 2001, p. 232 *sqq*.

2. On rappellera que le PNUD préconise une taxe sur le *brain-drain*, la fuite des cerveaux allant des pays pauvres aux pays riches (afin de rembourser leurs frais de formation dans leurs patries d'origine). D'autres proposent une taxe sur l'ensemble des transactions boursières, actions et obligations comprises, et la création d'un impôt de Bourse européen (André Gauron, membre du Conseil d'analyse économique, *Le Monde*, 2.10.01).

spécialistes appeler à l'abolition de leur discipline un peu comme un fugitif qui commencerait son évasion en se tirant une balle dans le pied. Certes, on propose un autre mode d'allocation des ressources, ce qui n'est pas négligeable, une régulation plus stricte. Mais on ne voit pas comment cela pourrait « désarmer les marchés » (Ignacio Ramonet) puisque au contraire, ils doivent proliférer pour alimenter l'impôt. Eternelle ambiguïté : on oscille entre la volonté de tuer la bête ou de profiter d'elle grassement. Alors la taxe Tobin : première étape d'un chambardement général, ou placebo pour remobiliser des troupes démoralisées, faire quelque chose plutôt que rien ? La question reste ouverte.

La correction des injustices présuppose donc la reconnaissance du capitalisme « non pas comme un système à l'intérieur duquel on agit mais sur lequel on intervient[1] ». Comme le disait déjà Schumpeter au milieu du siècle dernier : « La politique du socialisme ne peut être aujourd'hui que capitaliste. Inversement, la politique d'un gouvernement conservateur ne peut manquer d'être légèrement teintée de socialisme. » La contestation peut inquiéter, poser des questions dérangeantes, bousculer des intérêts établis ; mais elle partage tant de choses avec l'ordre qu'elle dénonce qu'elle ne peut jamais le démolir. Elle est bien contre, tout contre puisqu'elle se contente, ce faisant, de moduler autrement les déclinaisons de l'*Homo economicus* (l'homme réduit au statut de producteur et de consommateur). Derrière

1. Pierre Manent, *Les Libéraux*, Pluriel, Hachette, 1986, pp. 20 et 21.

## La culture de l'excuse

Chaque fois qu'une atrocité, un massacre sont commis quelque part sur terre par ceux que l'on désigne comme déshérités, on leur oppose, surtout à gauche, une formule magique : ils ne peuvent pas avoir fait ça ! « Ils » y ont été forcés par la misère, l'impérialisme, l'humiliation. Néo-rousseauisme instantané comme on le dit du café du même nom : l'homme est bon, seule la société, surtout capitaliste, est mauvaise. Le mal n'existe pas, il n'y a que des circonstances méchantes. Ainsi, des violences à l'école aux tueries sur tel ou tel continent, toute infraction devient justifiée. Loin d'accabler leurs auteurs, elles accusent le système social qui les a rendues possibles. Toute déraison a ses raisons économiques, toute barbarie s'enracine dans l'injustice. Quand intervient une infamie particulièrement révoltante, attentat, acte terroriste, nos belles âmes, à la question : que faire, rétorquent sans rire : changez les rapports sociaux, « résistez à la mondialisation marchande »[1]. Alors les tueurs rangeront leurs couteaux, les bourreaux garderont les enfants, les égorgeurs deviendront jardiniers.

L'invention, à la fin du XIXe siècle, des circonstances atténuantes dans le droit a permis de personnaliser les peines, de ne pas fixer un barème unique aux délits tout en laissant ouverte pour le délinquant la porte du changement et de la réhabilitation. Jamais il n'a été question – sauf folie

1. « La solution alternative [aux attentats du 11 septembre] est du côté du nouvel internationalisme profane des résistances à la mondialisation marchande. C'est une voie étroite. Il n'y en a pas d'autre. » Daniel Bensaïd, Willy Pelletier, « Dieu que ces guerres sont saintes ! » *Le Monde*, 22.11.01.

avérée – d'innocenter voleurs et criminels. Or, dans l'idéologie de l'absolution, l'acte n'est plus qu'un symptôme, il fond dans les déterminismes qui l'entourent comme un sucre dans le thé. Assassins, miliciens, djihadistes ne sont jamais responsables puisque nés sur le terreau de la pauvreté, de l'exploitation, ils n'en sont que les produits. Tant qu'une justice parfaite n'aura pas été installée sur ce globe, les persécutés auront toujours la tentation de tuer, de violer, de génocider au nom de Dieu, de la Race, de la Classe. Sur le plan de la sécurité intérieure dans nos pays, on assiste pareillement à la perte du sens de la loi, à l'explication par les facteurs exogènes, à la transformation du contrevenant en martyr et des magistrats, de la police en assistantes sociales, en psychologues. La même règle pour tous, fondement de la République, est évacuée au profit de la dispense pour chacun.

La culture de l'excuse est surtout une culture du mépris : croyant blanchir les coupables, elle les infantilise. Ce sont des meurtriers peut-être mais des enfants avant tout, des archanges intouchables dont les forfaits nous incombent et auxquels nous ne pouvons accorder autre chose que notre pardon et notre repentir. Toute guerre, crime contre l'humanité chez les damnés de la terre est un peu de notre faute et doit nous inciter à battre notre coulpe, à expier sans fin le fait d'appartenir au bloc des nations opulentes. Vient un moment pourtant où les égarements de tels ou tels groupes, peuples ou Etats ne peuvent être imputés qu'à eux-mêmes et non pas rejetés sur la situation internationale, l'échange inégal, l'ultralibéralisme, que sais-je encore ? En faire des victimes inconscientes, les marionnettes ou les créatures des grandes puissances revient à les disculper à peu de frais. En quoi une certaine ultra-gauche est aussi pessimiste culturellement que la droite la plus conservatrice : loin de promouvoir la liberté, elle incarcère l'individu dans ses conditions de naissance comme la seconde l'assigne à résidence dans ses gènes, son hérédité, sa couleur de peau ou son sexe. L'ami des opprimés fait preuve d'un paternalisme condescendant à l'égard de ses protégés : il leur interdit l'accès à l'autonomie, à la maturité puisqu'il ne les rend jamais comptables de leurs actes (pas plus qu'il ne les créditera de leurs réussites éventuelles). Au fond il s'en lave les mains : il a peu de chances, sauf cas exceptionnel, de subir jamais la violence de ces dictatures, de ces guérillas fanatisées. Il se sert du tiers-monde, des Afghans, des Rwandais, des Palestiniens comme d'une massue pour taper sans relâche sur ses marottes : l'Occident pourri, les démocraties corrompues, le capitalisme ignominieux.

la mousse rhétorique il y a l'acceptation implicite de la supériorité du système actuel, même si l'on souhaite, à juste titre, lui adjoindre quelques garde-fous (comme toutes les gauches officielles au pouvoir en Europe).

## LE FANTASME DE LA RUPTURE

Le combat anticapitaliste, nous l'avons vu, a ceci de spécial, que les deux parties parlent la même langue. Pourquoi tant d'ex-communistes, à la tête aujourd'hui de grandes firmes, à des postes de responsabilité patronale ? Trahison de l'éthique prolétarienne, arrivisme, retournement de veste ? Peut-être, mais pas seulement : en passant du marxisme-léninisme au néolibéralisme, ils n'ont pas changé d'idéologie, ils demeurent dans *la vénération de l'infrastructure*, dans la croyance têtue de la rédemption du monde par l'évangile des rapports productifs. Dans les deux cas, l'économie, au lieu d'être un service, reste un destin : elle a ses prophètes, ses pontifes, ses grands prêtres, ses hérétiques mais tous lui vouent un même culte. Ceux qui brûlent de piétiner le marché, de lui arracher son masque agissent toujours comme des croyants désenchantés qui blasphèment au lieu d'abattre. Voyez le duo sud-américain des romanciers Gabriel García Márquez et Vargas Llosa : d'un côté, le supporter de la dictature castriste et des guérillas populaires, de l'autre l'apôtre fraîchement converti du libéralisme pur et dur (alors qu'il est lui-même, ce n'est pas un hasard, un ancien communiste). Matérialisme historique contre providentialisme marchand : deux versions très talentueuses d'un semblable historicisme – même si Vargas Llosa est un authentique démocrate et convient avec une amertume souriante que le progrès « veut » la fermeture des petites librairies, la disparition des petits théâtres, du cinéma subventionné.

De là ce cercle étrange dans lequel nous sommes enfermés : plus le capitalisme est récusé en paroles, plus il est exalté en vérité. Sa grande ruse, c'est de faire croire à ses détracteurs qu'ils existent et la grande naïveté de ses derniers, c'est de s'en persuader. Ils peuvent bien le huer, l'exécrer, ce dernier demeure, pour parler comme Marx, « l'éther particulier » dans lequel tous respirent. Le capital renaît de ses cendres là où on le croyait moribond, vit depuis deux siècles de l'annonce de son décès imminent (même s'il finira bien un jour par disparaître comme toute forme historique). En régime d'économie de marché, la critique, comme le disent les Anglais de leurs opposants, n'est rien d'autre qu'une coopération. Essentielle à vrai dire : car laissé à sa pente, le système courrait à l'abîme. Le créditer d'une quelconque sagesse interne qui le conduirait à tempérer son avidité est d'un optimisme naïf. Heureusement, il suscite de lui-même les remontrances qui le poussent à se dépasser et constituent son meilleur ciment. Il sait alors détourner, tel un judoka, l'énergie de son adversaire à son profit, progresser de façon contradictoire et pragmatique. Admirable homéostasie qui ne s'est jamais démentie et vérifie l'adage bien connu selon lequel il vaut mieux un rival intelligent qu'un disciple conforme. *Si le capitalisme survit depuis deux siècles, il le doit autant à ses ennemis qu'à ses adeptes.*

C'est pourquoi nos sociétés, avec une sorte de prescience de leur fragilité, entretiennent à grands frais dans leurs marges des minorités de penseurs, d'agitateurs professionnels qu'on dirait programmés pour les vitupérer, c'est-à-dire les reconstituer en les attaquant. Cela signifie que le système pourrait bien mourir de son triomphe s'il n'avait cette aptitude incroyable à se laisser éduquer par ceux qui veulent le rayer de la carte et participent malgré eux de sa résurrection. Il est certain à cet égard que le communisme a « sauvé » le capitalisme, même s'il a failli avoir raison de lui : d'une part en édifiant à sa place des contrefaçons caricaturales, d'autre part en mettant le doigt sur ses plaies, ce qui lui a donné une impulsion formidable pour se régénérer. Et la fin de la menace que faisait peser sur lui ce contre-modèle a coïncidé avec son relâchement, le retour des inégalités, le discours arrogant du fait établi. Il est donc probable – cela dit sans intention péjorative – que les divers mouvements antimondialisation constituent bien les éclaireurs du capitalisme à venir. Même si l'on ne retient pas leurs solutions, ils ont eu raison avant d'autres, ont détecté des faiblesses que nul n'avait vues. Leurs avertissements n'auront de poids que s'il existe dans les élites internationales des esprits assez généreux et authentiquement réformateurs pour comprendre le désarroi des opinions publiques et infléchir la politique actuelle[1].

Il est symptomatique à cet égard que dans les derniers forums où ils se sont croisés, banquiers, entrepreneurs, décideurs délaissent leur morgue d'antan et se mettent à parler comme leurs contestataires : fossé Nord-Sud, fracture numérique, réduction de la pauvreté. Significative aussi – et un peu pathétique – cette pétition de milliardaires américains adressée à George Bush en février 2001, l'adjurant de ne pas abolir l'impôt sur la succession de peur de verrouiller les hiérarchies sociales et de bloquer la méritocratie. Ignoble captation de l'ordre capitaliste qui fait patte blanche et « abjure ses discours de tueur et de prédateur[2] » ? Peut-être, mais c'est comme

1. Dans sa préface aux *Désillusions du progrès* (1969), p. 23, Raymond Aron assignait déjà aux gauchistes la mission soit « d'ébranler l'ordre établi et selon les circonstances de provoquer une violente réaction », soit « de rendre à l'establishment libéral volonté de réformes et impatience d'agir ».
2. Serge Halimi, *Le Monde diplomatique*, avril 2001.

cela qu'il a toujours fonctionné : en reprenant les critiques pour les convertir en atouts, en endossant les habits de la concertation et de la transparence[1]. Si c'est au sein du capitalisme que se trouvent les remèdes à ses maux, c'est grâce à ses adversaires qu'il en prend conscience et il ne peut que remercier ces vigies de l'avertir des écueils, de lui éviter le naufrage. La confiscation n'a donc aucune importance – sinon pour les adolescents qui vivent dans l'attente messianique de la grande implosion – à condition d'aller dans le bon sens, celui de l'intérêt général et de l'amélioration du sort des plus démunis.

Il faut rappeler enfin cette loi fondamentale : aucune classe sociale ne se maintient au pouvoir dès qu'elle se conduit de façon banalement égoïste. Autrement dit, il est de l'intérêt d'une couche dirigeante de composer avec les autres sous peine de dépérir[2]. Si l'Histoire est « un cimetière d'aristocraties » (Pareto), c'est que beaucoup sont mortes d'entêtement et d'aveuglement. N'aurait-il servi qu'à cela, réveiller un establishment nécrosé, ankylosé dans ses chimères, l'anticapitalisme actuel n'aurait pas été tout à fait inutile. Il peine peut-être à s'éta-

1. La Banque Mondiale a intégré dans ses procédures de réflexion plus de 70 ONG qui participent à son travail (André Fourçans, *op. cit.*, pp. 276, 277).

2. « En dernier ressort (...) c'est la relation qu'entretient une classe avec la société dans son entier qui trace son rôle dans le drame ; et le succès de cette classe est déterminé par l'ampleur et la variété des intérêts autres que les siens propres qu'elle est capable de servir » (Karl Polanyi, *La Grande Transformation*, Gallimard, 1983, p. 210).

blir comme fiction crédible, à suggérer de véritables propositions, mais il réintroduit au moins la question des finalités et ne manifeste qu'une exigence : celle de contre-pouvoirs. Au-delà des rengaines gauchisantes, il relance le souci de justice, réveille le débat public, refait de chaque citoyen un intellectuel collectif qui tente de s'orienter dans le dédale du présent. Il manifeste surtout cette *sensibilité-monde* des jeunes générations, qui vivent la moindre attaque contre la planète comme une attaque contre leur personne, retrouvant ainsi une intuition géniale de Fourier qui décrivait l'univers et l'homme comme un seul corps, une seule peau parcourue des mêmes frissons de plaisir et de douleur.

## L'ÉTERNEL RÈGLEMENT DE COMPTES

Dans ce jeu de qui perd gagne, l'extrême gauche, quand elle n'oscille pas entre ressassement et ressentiment, fait preuve d'une grandeur paradoxale. Même si son discours est la plupart du temps incantatoire, ses propositions maximalistes, ses pratiques sectaires voire totalitaires, elle joue un rôle incontestable d'aiguillon, relance l'exigence d'émancipation sous forme de nouveaux droits, de nouvelles pratiques de vie. Sa force, et son vertige, est de parier en permanence en faveur du possible au détriment du réel. En même temps, elle constitue cette mouvance ambiguë qui rend la vie à son ennemi au moment où elle croit le tuer. Comme Christophe Colomb découvrit le Nouveau Monde en pensant retrouver le Paradis terrestre, elle a besoin d'échouer pour réussir, réaliser ce qu'elle n'attendait pas[1]. Son destin, c'est d'être absorbée nécessairement et d'esquisser, à travers l'intransigeance de ses revendications, le visage futur de l'ordre établi. De même que la dénonciation de l'Etat des patrons dans les années 70 a permis dix ans plus tard au camp libéral de mener à bien les privatisations[2], la défense des sans-papiers ou des sans-logement par les nouvelles radicalités contribue malgré elle à l'épanouissement de ce libéralisme qu'elle abhorre[3]. D'où l'étonnement de voir la gauche de la gauche défendre bec et ongles l'institution étatique qu'elle vomissait jadis, réclamer plus de dirigisme et plaider finalement pour ce qu'on appelait hier l'économie mixte. D'ignoble, le monstre froid est devenu le moindre mal. (Plus généralement, l'« antimondialisation » est écartelée entre le besoin de sécurité économique et le refus d'une politique sécuritaire, comme elle est tiraillée entre la tentation protectionniste et les professions de foi planétaires). Et quand la vulgate situationniste proclamait « Tout tout de suite », « Jouir sans temps mort et vivre sans entraves », elle offrait sans le savoir des arguments à la sphère marchande dans sa volonté d'extension à tous les domaines. *L'intention était libertaire, le résultat fut*

1. Selon une logique du messianisme analysée par Henri Desroches, *Dieux d'hommes*, Dictionnaire des Millénarismes, Mouton, La Haye, 1969.
2. Luc Boltansky, Eve Chiapello, *Le Nouvel Esprit du capitalisme*, Gallimard, 2000.
3. Philippe Raynaud, « Les nouvelles radicalités », *Le Débat*, mai-août 1999.

*publicitaire* : on a moins libéré notre libido que notre frénésie d'achats sans limites, notre appétit de faire main basse sans restriction sur tous les biens. On croyait forger une race d'hommes et de femmes libres, fiers de leurs désirs, on a généralisé à tous les âges le prototype du consommateur, du client roi qui s'exclame : Je veux, j'exige. Quant à l'analyse debordienne de la société du spectacle, déjà douteuse en elle-même, elle est devenue le meilleur alibi des chaînes télévisuelles qui se régalent de ce manifeste. De manière plus générale, le nouveau capitalisme nous opprime à travers les mots d'ordre censés jadis nous libérer – autonomie, fluidité, mobilité – qui font retour sur nous de façon cruelle.

Consternation du « révolutionnaire » : il se croyait le fossoyeur de la bourgeoisie, il s'en retrouve le fourrier. Il était un agent double sans le savoir. Quand les idées de Mao et Trotsky passent dans le vocabulaire du management, enivré par l'idée de la table rase, de la rupture[1], quand Bouygues et Lagardère investissent dans le journal communiste *L'Humanité* pour lui maintenir la tête hors de l'eau, c'est que l'Histoire leur a joué à tous une ruse à sa façon. Coïncidence du protestataire et du prospecteur. Il existe mille suggestions pour réformer, contenir, amender le marché, pas une seule pour le remplacer. Economie solidaire, tiers secteur, socialisme de marché, participatif, autogestionnaire : tous ces courants dessinent moins une alternative globale au capitalisme que des alternatives à l'intérieur de celui-ci.

1. Jean-Pierre Le Goff, *Le Monde*, 27.6.2000.

Ou plutôt, l'alternative réside désormais dans la critique elle-même, qui est à la fois une soupape de sûreté et un moyen détourné d'adhérer aux règles du jeu en les renouvelant. *Le non est un moment du oui*. On n'obéit au capitalisme qu'en lui désobéissant.

Cornelius Castoriadis aimait, paraît-il, à répéter le mot de Rosa Luxemburg : « Si toute la population savait, le régime capitaliste ne tiendrait pas 24 heures ». Vieille rengaine qui dépeint le peuple maintenu dans l'ignorance de son malheur par la propagande officielle. La vérité est tout autre : l'économie de marché tient, parce qu'elle bénéficie, en dépit de sa dureté, du soutien d'une majorité de la population qui a intériorisé ses contraintes. Si les gens la prennent comme un fait établi, c'est qu'ils n'ont pas, comme toute une extrême gauche enlisée dans un tête-à-tête avec le diable, de comptes à régler avec elle. Pour eux l'essentiel est peut-être ailleurs, et ils l'acceptent comme un moindre mal sans passion ni ressentiment. Les degrés de l'approbation et de la réprobation varient selon les cultures et les époques. Les Français, vieux peuple de ruraux catholiques et socialisants, infantilisés par un Etat omniprésent qui rechigne à leur déléguer un peu de son pouvoir, entretiennent avec cette structure économique des rapports orageux. Mais lorsque cette dernière est remise en cause, c'est moins en vue d'un bouleversement total que d'un changement fragmentaire qui n'est plus coupable de sa nature de fragment.

Quand des pays dits en développement protestent à juste titre contre le système international, ce n'est pas pour le détruire mais pour mieux y entrer. Et l'on aurait tort de croire que les conflits sociaux vont s'atténuer : ils seront d'autant plus âpres que salariés et employés sont sans illusions et ne visent qu'à s'assurer une meilleure part du gâteau. Affaire de dignité peut-être mais aussi de gros et de petis sous. On est loin, très loin du rêve de l'Insurrection Universelle et ceux qui l'alimentent font fausse route. Il faut donc déplacer l'axe du débat, cesser de gloser sur la mondialisation – est-elle bonne, est-elle mauvaise, question oiseuse puisque les arguments s'empilent de part et d'autre comme de la vaisselle sale sur un évier sans convaincre personne[1]. *Ce n'est pas du capitalisme qu'il faut sortir, c'est de l'économisme*, et ce dernier a plusieurs visages, celui des doctrinaires du marché comme de ses pourfendeurs, frères ennemis enlacés dans les rets d'une même dévotion.

1. A quel point le débat sans fin sur ce thème mène à une impasse théorique, c'est ce que prouve l'usage de plus en plus fréquent d'un langage millénariste par les pros et les anti. Si Thomas Friedman, journaliste au *New York Times* et chantre de la globalisation triomphante y voit « la lumière de l'aube », Ignacio Ramonet lors du grand meeting d'Attac au Zénith le 19 janvier 2002 s'écrie en détournant une phrase de Giraudoux : « Comment cela s'appelle-t-il ce moment où un autre monde devient possible ? Cela a un beau nom, camarades, cela s'appelle l'aurore. » Gageons qu'on invoquera bientôt le retour du Messie et les apparitions de la Vierge !

DEUXIÈME PARTIE

# Le nouveau messianisme commercial

## Chapitre VI

# La double récidive

« Pendant quinze jours, je m'étais confiné dans ma chambre et je m'étais entouré de livres à la mode dans ce temps-là (...) je veux parler des livres où il est traité de l'art de rendre les peuples heureux, sages et riches en vingt-quatre heures. J'avais donc digéré – avalé, veux-je dire – toutes les élucubrations de ces entrepreneurs de bonheur public, de ceux qui conseillent à tous les pauvres de se faire esclaves et ceux qui leur persuadent qu'ils sont tous des rois détrônés. »

Charles BAUDELAIRE, *Le Spleen de Paris.*

« Le marché est si parfait qu'il n'a même plus besoin que les hommes le soient. »

Phrase attribuée à John MAYNARD KEYNES (1883-1946).

La chute du mur de Berlin aura donné lieu contre toute attente à une double résurrection : celle, simultanée, de l'anticapitalisme intégral et du « capitalisme utopique » (Pierre Rosanvallon) commencée quelque dix ans auparavant. Nous l'avons vu, le mot libéralisme est chargé en France et ailleurs d'une connotation péjorative, situation d'autant plus étrange que dans l'Hexagone, l'Etat reste un acteur économique de taille. Il n'en demeure pas moins que la théorie stigmatisée sous ce nom ne se réduit pas à la défense et illustration de la libre entreprise et connaît une histoire infiniment plus riche que les clichés multipliés à loisir par certains de ses zélateurs.

## LE MIRACLE OU LA PRUDENCE

D'un mot, le libéralisme surgit dans le combat contre la monarchie absolue et le fanatisme au moment où l'homme, à la fin de l'Ancien Régime, se substitue peu à peu au divin et à la tradition comme fondement de la loi. Basé sur un individualisme radical, il est inséparable d'une réflexion sur les limites du pouvoir et de la souveraineté populaire, sur la justice et le droit comme moyens de garantir la coexistence pacifique des libertés. Sur ce substrat philosophique d'une extrême fécondité où s'illustrent les noms de Hobbes, Locke, Montesquieu, Kant, Tocqueville, surgit la question nouvelle et fantastique du marché, ce « dieu mortel » censé dispenser ses bienfaits à ceux qui favorisent sa croissance. Si les uns lui reconnaissent des qualités évidentes à condition de le coupler avec des institutions et une vie publique adéquates, d'autres sont tentés de le hisser sur un piédestal, de lui attribuer des vertus quasi magiques : il serait en effet compatible avec toutes les races, toutes les confessions, conviendrait au mahométan, au confucéen comme au luthérien, contournerait les langues et les croyances, instaurerait des appétits et des usages communs à tous[1]. Quand les premiers s'inquiètent de la propension des Modernes à délaisser le champ politique pour entrer dans l'ordre exclusif des « jouissances privées » (Benjamin Constant), les seconds assignent au commerce le rôle grandiose de réconcilier l'intérêt, la morale et la justice. Car le commerce adoucit les mœurs, selon Montesquieu, il oblige les hommes à faire société, à nouer des relations pacifiques où le lucre et le profit l'emportent sur l'honneur et les superstitions. Le concept de « main invisible » (Adam Smith) parachèvera le processus et fera de l'échange marchand le principe organisateur de la bonne société : comme dans *La Fable des abeilles* de Mandeville (1714), où les vices individuels concourent au bien collectif et donnent une dimension altruiste à des actes étroitement cupides. « Il est peu de façons plus innocentes de passer son temps que de l'employer à gagner de l'argent », écrit au XVIIIe siècle un certain Dr Johnson[2]. Adam Smith,

1. Il y a du vrai dans cette profession de foi : un chauffeur de taxi irlandais et aisé, vivant dans une banlieue calme de Belfast à l'écart des combats interconfessionnels, déclarait par exemple à la presse durant l'été 2001 : « Moi je n'appartiens ni à la communauté catholique ni à la communauté protestante mais à la communauté économique » (*Le Monde*, 14.08.01). De même, durant toute la guerre en ex-Yougoslavie, les trois mafias serbe, croate et bosniaque ont continué à faire de juteux trafics sur le dos des armées et des populations civiles…

2. Cité par Albert O. Hirschman, *Les Passions et les Intérêts*, PUF, 1980, p. 56.

dans un passage célèbre, donne à cette philosophie ses lettres de noblesse :

> « L'homme a presque toujours besoin du secours de ses semblables et c'est en vain qu'il l'attendrait de leur seule bienveillance. Il sera bien plus sûr de réussir s'il s'adresse à leur intérêt personnel et s'il leur persuade que leur propre avantage leur commande de faire ce qu'il souhaite d'eux. C'est ce que fait celui qui propose à un autre un marché quelconque. Le sens de sa proposition est ceci : donnez-moi ce dont j'ai besoin et vous aurez de moi ce dont vous avez besoin vous-même ; et la plus grande partie de ces bons offices qui nous sont nécessaires s'obtiennent de cette façon. Ce n'est pas de la bienveillance du boucher, du marchand de bière et du boulanger que nous attendons notre dîner mais bien du soin qu'ils apportent à leurs intérêts. Nous ne nous adressons jamais à leur humanité mais à leur égoïsme ; et ce n'est jamais de nos besoins que nous leur parlons, c'est toujours de leurs avantages[1]. »

Ajoutons que cette doctrine, dont l'origine chrétienne ne fait aucun doute – un juste n'est jamais qu'un pécheur repenti, le mal se métabolise en bien –, constitue aussi un aveu d'humilité puisqu'elle est une sorte de « transparence différée » qui

1. Adam Smith, *La Richesse des nations*, Garnier-Flammarion, 1991, tome I, livre I, chapitre 2, p. 82.

remet à plus tard, dans un résultat clair, la nécessaire obscurité des actions humaines. Du chaos des actes individuels doit sortir un ordre lisible et profitable à tous pourvu que rien ne l'entrave et surtout pas l'action de l'Etat. Si dans un premier temps, l'économie eut à s'émanciper de la morale et de la politique, ce sera ensuite pour mieux les remplacer et s'octroyer une tâche totale, démesurée : se poser peu à peu en concurrente de la religion. Non seulement elle multiplie les richesses mais elle contient les passions humaines, les convertit en culture là où la foi, sous toutes ses bannières, ne réussit qu'à les exacerber. Elle devient ce nouveau code de conduite chargé de « prévenir l'effondrement de la société » (Albert O. Hirschman) au moment où l'Europe est déchirée par une multitude de guerres civiles et étrangères. La voilà transformée en théorie de la rédemption, en un « processus sans sujet », processus qui se met en place à l'insu de ses acteurs et pour leur bien, dût-il par moments en broyer certains. L'histoire des hommes comme chez Hegel est celle de leurs erreurs qui deviennent des vérités : du puzzle des entreprises humaines sort toujours un mieux, une bienveillance cachée est à l'œuvre dans nos pires souffrances. Cet ordre créé par chacun et voulu par personne remplit deux fonctions : répartir les besoins et diffuser de l'information (Hayek) qui permettront ensuite de promouvoir paix et ressources.

## UN RÊVE SANS TRAGIQUE

Très vite, le libéralisme va se scinder en deux courants principaux[1] : le premier qui réduira l'Etat à un veilleur de nuit, le gouvernement à un mal provisoire, le second qui défendra les droits civiques et sociaux comme principe de progrès et verra dans la politique l'arène indispensable pour arbitrer les conflits et s'engager dans une histoire toujours inachevée. C'est le premier courant qui va renaître à la fin des années 70 – au moment où il va de soi que le communisme est en phase d'agonie – et faire du capitalisme le dernier grand récit de la modernité. Eclatant triomphe sur soixante-dix ans de dirigisme autoritaire et que symbolise mieux que tout Gorbatchev, prenant conseil auprès de Milton Friedman[2] ou encore le siège du parti communiste polonais à Varsovie transformé en Bourse des valeurs. La messe semble dite, la vérité révélée, il suffit de s'y conformer. Va donc émerger ce qu'on appelle d'un terme polémique le néolibéralisme, qui n'a de nouveau que le nom[3].

---

1. Je reprends ici la distinction effectuée par Pierre Rosanvallon in *Le Capitalisme utopique*, Seuil, 1983, pp. 158-159.
2. Milton Friedman, Prix Nobel d'économie 1976, chef de file de l'école de Chicago, propagandiste inlassable de la doctrine libérale.
3. Luc Ferry et Alain Renaut remettent en question la pertinence du terme néolibéralisme puisque selon eux, tout s'est arrêté en 1848 et que la philosophie de Hayek n'ajoute rien fondamentalement à ce qu'avaient déjà théorisé Tocqueville et Constant, à savoir la critique du volontarisme politique et des droits créance (droits sociaux et économiques). Sur le fait que Hayek, quoi qu'il en ait, est retombé dans l'historicisme et le constructivisme, voir *Philosophie politique*, PUF, 1985, p. 22 et pp. 139 à 155.

Ce qui commence en Californie avec Ronald Reagan et sa « révolution conservatrice » axée sur la baisse des impôts et le reflux de l'administration, c'est la suspension du « grand retournement » (Karl Polanyi) qui avait mis fin, après le krach de 1929, au rêve du marché autorégulateur comme remède parfait aux maux de l'humanité[1]. Après les orgies totalitaires du siècle, la révolution financière dopée par les nouvelles technologies. Après les errements de l'Etat-providence, les largesses du marché-providence. Après le règne du haut fonctionnaire borné et du syndicaliste hargneux, l'intelligence des *business angels* (ces tuteurs stratégiques qui couvent les créateurs de jeunes entreprises). La politique du New Deal menée par Roosevelt avait sauvé l'Amérique frappée de plein fouet par la crise et relancé une économie en pleine déroute. En réalité, diront nombre d'auteurs, c'est à l'excès de protectionnisme, à l'ingérence de la puissance publique dans le système concurrentiel qu'il faut attribuer le désastre de 1929. Il en est de certains néolibéraux comme des marxistes : quand vous soulignez les défaillances pratiques de cette philosophie, par ailleurs éminemment respectable, ils vous expliquent qu'elles sont dues à son application incomplète parce que partout l'Etat, les conservateurs, les forces rétrogrades en ont perverti le message origi-

1. On en lira le descriptif dans le livre de Karl Polanyi, *op. cit.*, pp. 192 à 195. Sur le fait qu'après le New Deal on s'est éloignés des principes du laisser-faire pour voir naître un « capitalisme travailliste », Joseph Schumpeter, *op. cit.*, pp. 428 et 441.

nel. Ce qui s'élabore sous ce nom n'a rien à voir avec la beauté et la vérité de cette doctrine, pas plus que l'URSS, aux yeux de certains puristes, n'incarnait la grandeur de l'idéal communiste[1]. Bref, le libéralisme ne serait accompli nulle part dans son intégrité et c'est à cette absence qu'on peut imputer les malheurs dont souffrent la France et l'Europe. Ainsi surgit un double contresens : quand les uns confondent libéralisme et capitalisme, d'autres réduisent le premier à une plate apologie de l'échange marchand générateur de richesses et de « bonne volonté » (George W. Bush)[2]. Certains, même aujourd'hui, rechignent à sortir du cercle où les avait assignés la lutte contre le bolchevisme, le terrain économique, et orphelins de ce grand ennemi voient dans le combat contre la social-démocratie, l'étatisme, la suite de la guerre engagée hier contre le Pacte de Varsovie. Grâce à quoi ils décrètent démodé l'impôt sur le revenu, archaïque le salaire, antédiluvien le syndicat,

1. « Si le système économique français comprenait seulement 10 % de vrai libéralisme au lieu d'être dominé à 95 % par le socialisme, le collectivisme, l'étatisme, le corporatisme et le nationalisme rétrograde, notre situation serait assurément meilleure. » Jacques Garello (*Esprit Libre*, L'Harmattan, hiver 2001, p. 130). A titre de symétrie frappante, voilà ce qu'avance un philosophe marxiste : «… le communisme n'est pas dépassé pour la bonne raison qu'il n'est encore nulle part passé à l'ordre du jour. Il y vient. » Lucien Scève, « Mort et Transfiguration du communisme », *Le Monde*, 20.4.01.

2. Lors de sa campagne en faveur d'un marché unique commun aux deux Amériques, George W. Bush dit à Miami : « Les voisins forts exportent leurs produits et achètent les nôtres, créent des emplois et de la bonne volonté » (printemps 2001).

risible l'idée même d'une sécurité sociale ou d'un service public. Pour les plus exaltés, il suffit d'ajouter à chaque problème le génitif « de marché » pour que tout se résolve : on prônera une « écologie de marché », la privatisation des mers, des montagnes, des forêts et même, pourquoi pas, de l'espace, certains se porteront acquéreurs de la Lune, de Mars, de Saturne, on s'empressera de breveter le vivant, la cellule, le corps, le sang, le sperme, jusqu'aux remèdes des médecines traditionnelles[1]. On réduira les vieilles nations à des conglomérats de copropriétaires. C'est que le capitalisme est tout simplement irrépressible et doit aller jusqu'à son terme « parce qu'il est profondément conforme à l'ordre naturel, celui qui fait que l'homme se trouve progressivement placé au cœur de la création, au centre de la société[2] », écrit en France Jacques Garello. Pascal Salin lui emboîte le pas : « J'ai l'impression que la population n'est pas fondamentalement hostile aux thèses libérales. Je crois au contraire que la plupart de nos concitoyens sont spontanément libéraux puisqu'une telle attitude est conforme à la nature humaine[3] ». Si c'est le cas, pourquoi le libéralisme a-t-il tant de mal à s'imposer, pourquoi est-il partout défiguré, calomnié ? On a oublié ici la mise en garde

1. Si une telle possibilité était accordée aux multinationales, les pauvres, explique le Prix Nobel américain 2001 Joseph E. Stiglitz, devraient payer des royalties aux laboratoires occidentaux pour utiliser des remèdes qui appartiennent à leurs savoirs ancestraux !
2. *Esprit Libre*, *op. cit.*, p. 65.
3. *Ibid.*, p. 58.

de Raymond Aron : « Que l'on ait jugé jadis le marché conforme à la nature, qu'on y ait vu le résultat de lois dites naturelles, il ne s'agit là que d'une péripétie de l'histoire des idées (...) caractéristique d'une époque et promise à un inéluctable vieillissement (...) Le libéralisme a souvent été travesti en loi de la nature alors qu'il ne s'épanouit qu'avec l'idée de l'art politique et de l'art le plus haut[1]. »

Dans cette pensée « néolibérale », il n'y a donc pas de place pour le doute ni pour l'abîme. Il n'y a aucun vertige au bord du gouffre puisqu'elle est détentrice de *la solution* aux vicissitudes humaines. Elle sait, et forte de ce savoir ne peut plus être assaillie par le moindre trouble (il suffit pour s'en convaincre de lire la bible médiatique de ce courant, l'excellent hebdomadaire britannique *The Economist*). L'engagement en faveur du marché ne peut être que total : c'est un système qui épouse si bien notre liberté, nos appétits, qu'il nous offre tout de surcroît, l'équité et l'abondance, pourvu que nous nous impliquions en lui sans réserve. Univers aseptisé, Arcadie merveilleuse pour qui les tourments du monde n'existent pas puisqu'une bonne « gouvernance » (selon l'affreux néologisme anglo-saxon) peut marier justice et efficacité, combler toutes les aspirations. Rêve sans tragique qui réduit les nations à des agrégats d'individus et la personne humaine à une sorte de Robinson moderne, toujours rationnel, conscient de ses intérêts et condamné sans fin à maximiser ses potentialités, à

---

1. Raymond Aron, « Qu'est-ce que le libéralisme ? », publication posthume, *Commentaire*, hiver 1998-1999, n° 84.

édifier son « bonheur »[1]. En quoi se marque la difficulté du libéralisme à penser la société autrement que comme une collection d'agents économiques, négation du social que l'on retrouve jusque dans la conception froide, désincarnée, de la justice chez Rawls[2].

## LA GRANDE CONSOLATION

Irénisme total : le capitalisme ne saurait avoir tort, les seuls obstacles ne peuvent venir que de l'extérieur, gouvernements et intellectuels arriérés, petits chefs de la fonction publique. On touche ici au messianisme de seconde main de la religion économique qui, à tous les ex-bons sujets de l'Histoire, l'esprit hégélien, le prolétariat marxiste, le tiers-monde, les minorités, a ajouté tranquillement le sien : le marché rédempteur. Etrange contresens d'ailleurs. Car dans l'esprit de ses théoriciens d'origine, le marché était plutôt le fruit de l'incertitude de nos actions que

1. « Dans le vrai capitalisme, il n'y a pas de corruption parce que la chose politique est soigneusement tenue à l'écart de l'ordre économique. Il n'y a pas de pollution parce que les pollueurs responsables doivent réparer les dommages qu'ils créent. Il n'y a pas de misère parce que les gens apprennent spontanément à améliorer leur sort et progressent dans l'échelle des revenus grâce à leur initiative et leur aptitude à travailler et à échanger » (J. Garello, *op. cit.*, p. 67). On aura compris que pour cet auteur, le capitalisme n'est rien d'autre qu'un morceau de la vraie croix.

2. Voir à cet égard Pierre Rosanvallon, *La Crise de l'Etat-Providence*, Seuil, 1981, p. 47 et pp. 99-100.

le garant d'une quasi-infaillibilité. Alors que son génie est d'épouser les faiblesses humaines – les Modernes ont construit bas mais solide, disait Leo Strauss –, on lui prête le savoir et la sagesse que l'on retire aux individus. C'est une pétition de principe. La prudence consisterait à se méfier des deux et à leur opposer des garde-fous qui les limitent. De théorie de l'information chez Hayek, où des acteurs évoluant dans l'ignorance ajustent spontanément leurs demandes les uns aux autres, le marché devient théorie de la confirmation : comme la volonté générale chez Rousseau, il a toujours raison et nul n'a jamais raison contre lui. Il devient l'instance dont les sanctions, même lorsqu'elles nous semblent injustes ou cruelles, sont infaillibles.

Il y a un cosmos marchand assez proche du cosmos stoïcien et qui combine respect de l'ordre établi et libre arbitre. On applique toute son ardeur à vouloir ce qui arrive et la lucidité devient cet entêtement à épouser le cours des choses ! Si le monde blesse la conscience, nous avons le choix entre changer le monde ou adapter la conscience à ses rythmes ! Quand un George Soros, au temps de sa période spéculative, affirmait : « Les marchés votent chaque jour et punissent les Etats arrogants », il prêtait aux premiers une sagacité quasi surhumaine, la connaissance du fin mot de l'énigme. Singulière collision de volonté et de fatalité qui fait penser, toutes proportions gardées, à ce mot d'Epictète : « Ne veuille pas que ce qui arrive arrive comme tu le veux. Mais veuille que les choses arrivent comme elles arrivent et tu seras heureux ». Terrible ambiguïté de cette pensée pour laquelle le réel comme chez Hegel est rationnel[1]. Quand Jean-Marie Messier, patron de Vivendi Universal, reconnaît avec une belle franchise un salaire variant de 1 à 3,5 millions d'euros annuels – avant impôt – plus un patrimoine estimé à 23 millions d'euros[2], il se demande aussitôt s'il est mérité et laisse aux actionnaires le soin de répondre. L'argent, censé récompenser le risque et les résultats, est ici le tribunal de la valeur personnelle. La tentation est grande alors de convertir le hasard en verdict et la chance qui nous atteint en signe d'élection. Le fait ne se limite pas à sa brutale évidence, il est aussi consécration ou condamnation. De là à conclure que le marché est justice et l'inégale répartition des biens le fruit d'un arrêt de la Providence, il n'y a qu'un pas. D'où la collusion si fréquente de nos jours entre « ultralibéralisme » et conservatisme : l'on peut ainsi légitimer les inégalités et répondre aux désordres de l'aventure financière et technologique par le rempart d'un Etat sévère, de mœurs rigides, le tout assorti, comme pour le président Bush, d'un zeste de compassion, c'est-à-dire de la sous-traitance aux Eglises et aux « armées de la foi », de l'aide aux plus défavorisés (alors que pour la gauche et certains secteurs dirigistes des droites européennes, la protection des plus faibles et le progrès des droits supposent des barrières imposées à l'économie).

Le capitalisme a donc tout désacralisé, les mœurs,

1. Raymond Aron à propos de Hayek écrivait : « Les libéraux ont parfois tendance comme les marxistes à croire que l'ordre du monde pourrait réconcilier nos aspirations avec la réalité. » Cité par Robert Lozada, *Liberté économique et Progrès social*, septembre 1999, p. 16.
2. *J6m. com*, Le Livre de Poche, 2000, pp. 196, 197.

les usages, les croyances, sauf le capitalisme lui-même qui a échappé au scepticisme à l'égard des grands systèmes d'interprétation du monde. *Triomphe de l'économisme, c'est-à-dire élévation d'une discipline particulière en science totale, mère de toutes les autres et qui ambitionne, comme chez Marx, de régir le social, le politique, l'intime, de reconstruire, à partir de ses postulats, la totalité de l'univers.* Nous entrerions donc, selon le Prix Nobel américain Gary Becker, dans le troisième âge de la science économique, qui « s'étend à l'ensemble des comportements humains et des décisions qui y sont associées[1] ». Or, de ce que l'économie est imbriquée dans tous les actes de la vie, faut-il déduire qu'elle en constitue la clef fondamentale[2] ? Si elle est « l'histoire entière des

1. Gary Becker, 1977, cité *in Procès de la mondialisation*, Fayard, 2001, p. 20. Vu sous cette approche « omniglobalisante », « omnienglobante », l'amour, association volontaire d'un homme et d'une femme, est celui de deux personnes « qui visent à exploiter leurs différences et leurs similitudes en maximisant conjointement leurs ressources de plein temps par l'intermédiaire d'un contrat de mariage pour obtenir un bien-être supérieur à ce qu'ils pourraient produire chacun séparément » (Cité *in* René Passet, *Eloge du mondialisme*, *op. cit.*, pp. 90 et 91). A l'évidence, une telle approche a peu de choses nouvelles à dire sur l'amour, même quand elle précise que les enfants sont des frais fixes constants, voire croissants…

2. « Dans une véritable perspective libérale, il est erroné de prétendre isoler parmi les activités humaines certaines d'entre elles qu'on appellera activités économiques (…) De ce point de vue, il n'y a pas de science économique proprement dite mais une science de l'action humaine que les économistes autrichiens appellent parfois praxéologie. » Pascal Salin, *Libéralisme*, *op. cit.*, p. 40.

hommes regardée sous un certain point de vue » (Fernand Braudel), il n'a jamais été requis du point de vue qu'il se prenne pour un panorama. Dans leur catéchisme radical, certains néolibéraux adoptent les travers du communisme, partagent la même volonté démiurgique de refonder l'Histoire à partir du mode de production, vivent le même drame intellectuel d'un concept qui se croit si sûr de sa vérité qu'il ne tolère aucune réfutation et foudroie ceux qui osent objecter. Poussés à leur extrême, ils deviennent les fossoyeurs de la tradition dont ils se réclament, héritiers indignes des grandes figures fondatrices. Même s'ils ont encore l'oreille de certains gouvernants – au moins dans les pays anglo-saxons puisqu'en France leur ascendant a toujours été minime –, ils perdent aujourd'hui de leur influence : ils ont péché par simplisme et orgueil, ont amputé les sociétés humaines de toute dimension politique et symbolique. Jusque dans leur déroute toutefois, ils gardent une force critique stimulante qu'il serait dommage de balayer d'un revers de la main.

### Pauvreté, richesse, frugalité

Les riches ne sont pas simplement des pauvres qui ont réussi. Leur fortune les transforme qualitativement, les propulse dans une autre humanité avec ses mœurs, ses peuplades, son langage. Elle est une manière de vivre, de doter l'argent de noblesse, de raffinement. Devenir riche s'apprend et ne demande pas moins d'assiduité que les mathématiques ou la musique : il ne suffit pas d'avoir beaucoup, il faut être autrement. Des générations entières sont parfois requises pour intégrer le monde de la « haute », connaître ses noms, ses familles, alors que peu d'années suffisent pour être précipité dans la gêne. A l'intérieur même de la richesse, il existe des hiérarchies, des castes entre les immensément pourvus et la plèbe des nababs ordinaires. C'est pourquoi les riches, derrière les hauts murs de leurs clubs, de leurs palaces, sont plus occupés à défendre leur statut qu'à jouir de leurs biens. L'argent, pour parler comme les calvinistes, leur donne la garantie subjective du salut. Qu'ils attirent la sympathie ou la colère, ils tiennent à s'enraciner dans une généalogie pour mettre en évidence que leur état n'est pas le fruit d'un labeur acharné – l'argent n'aime pas sentir la sueur – ou d'une bonne étoile mais la résultante d'une ascendance authentiquement aristocratique.

Les pauvres, en revanche, ont quelque chose de navrant dans leur reproduction sans fin. Tomber dans la dèche, c'est tomber sous la coupe des choses, ne pas pouvoir les jeter, les gaspiller, devoir les recoudre, les ravauder, les réparer, compter sou après sou. C'est combiner l'humiliation et l'empêchement. « Le pauvre est contraint de lésiner sur sa douleur. Le riche porte la sienne au grand complet » (Baudelaire). A quoi s'ajoute, plus dégradant encore, le caractère résiduel de l'indigence : si le pauvre était hier le prolétaire ou le damné de la terre voué à racheter le genre humain, il est aujourd'hui une survivance qui a résisté à toutes les vagues de la prospérité. Un tel entêtement dans la pouillerie relève du mauvais esprit ! Il est le cancre qui persiste dans le dénuement, malgré les progrès, un reste qui encombre, un déchet que les plans sociaux ou les grandes institutions se renvoient année après année en se jurant de les éliminer. La question sociale rejoint ainsi celle du traitement des ordures, problème d'écologie, gestion des surplus humains et matériels. *Poverty sucks*, comme on le disait en Amérique au temps de Reagan : la pauvreté craint. Elle a ceci de désolant qu'elle nous jette au visage l'échec de notre optimisme, nous tire en arrière, nous rappelle que tous les hommes ne sont pas également conviés aux joies de la vie et ne le seront probablement jamais.

Est-il possible de concevoir la frugalité autrement que comme une résurrection de l'ascèse chrétienne ou une diététique de repus avides de retrouver la grande simplicité ? Le monde appartient à celui qui y renonce, disaient les franciscains : dans la disette réside l'opulence, dans le vide le vrai plein. Qui jamais ne prend, jamais ne saisit, possède les biens essentiels puisqu'il n'a nul besoin de les avoir pour en jouir. Ce renoncement est l'envers de l'avidité, il met à ne pas choisir la même intransigeance que celle-ci à ne rien refuser. Peut-être faut-il arracher la frugalité à l'idée sinistre d'abstinence : elle n'est pas une soustraction mais un plus, l'ouverture à d'autres dimensions de l'existence. Ne pas se laisser piéger par l'affairement, les contraintes stériles, se désencombrer des babioles socialement valorisées, déplacer les frontières du nécessaire et du superflu, mettre le faste où la plupart ne voient que futilité et la misère où la plupart célèbrent le luxe. Bref, se restreindre non pour se priver mais pour multiplier d'autres plaisirs moins communément admis. Faute de quoi la frugalité resterait l'annexe écolo de la pauvreté religieuse, la variante moderne du pain noir et du pichet d'eau, une caricature de néo-ruralité façon Henry David Thoreau, le rousseauiste américain partisan de la vie dans les bois. Que tout cela soit flou, imprégné d'eau bénite et de snobisme n'empêche pas que liberté est donnée à chacun de décider en son for intérieur de quels traquenards sociaux il se préserve, de quel faux éclat il est prêt à se passer. Si l'angoisse de notre temps est celle du passage, cela veut dire que le changement qui s'annonce portera avec lui de nouvelles richesses dont nous n'avons pas idée. Elles ne périmeront pas les présentes, elles les relégueront à une autre place. Ce qui vient pourrait bien faire paraître la pompe et la magnificence d'aujourd'hui comme une aimable pacotille.

## LES NOUVELLES RUSES DE LA RAISON

En pourfendant les valeurs libérales tout en reproduisant les méprises de l'utopie capitaliste, l'antimondialisation actuelle répète l'erreur originaire du socialisme, qui partageait avec la bourgeoisie le même credo productiviste et, croyant subvertir l'idéologie industrielle, en étendait le règne. C'est pourquoi elle nous suggère que les marchés domptés et mis au service des collectivités humaines donneront lieu à un univers sans détresse, sans violence. Une fois éliminée la cause de toutes les misères, ne peut advenir que l'Eden. Nos activistes sont partagés entre l'envie de moraliser le marché et la tentation de le spiritualiser, de l'irriguer du sang d'une nouvelle chimère : telle cette « économie du bonheur » selon Bourdieu[1], vieille lune utilitariste régurgitée sans critique.

1. « Il faut mettre en question radicalement la vision économique qui individualise tout, la production comme la justice ou la santé. (…) A cette économie étroite et à courte vue, il faut opposer une économie du bonheur qui prendrait acte de tous les profits individuels et collectifs, matériels et symboliques,

Apparemment on a donc redressé le décor du XIXe siècle et dans ce théâtre d'ombres s'affronteraient les fantômes d'un passé révolu. On rejouerait l'éternel vieux scénario où les fossiles s'affrontent avant de s'accoupler. Ne soyons pas dupes de ce retour : *les mêmes idées reviennent, mais à une autre place et pour jouer un autre rôle*. Double chassé-croisé passionnant : en dénonçant le marché, les nouveaux « alternatifs » le protègent de ses égarements et le confortent malgré eux : en critiquant l'Etat hypertrophié, les néolibéraux travaillent à leur insu à le réformer, à le remuscler pour redéfinir de façon plus exigeante ses attributs et ses limites. Dans ce cas précis, on voit que l'interrogation sur la pertinence de l'institution étatique, très en vigueur à la fin du siècle dernier, n'a pas empêché la puissance publique de croître et de prospérer, y compris dans le monde anglo-saxon. C'est tout le paradoxe de Reagan : le boute-feu qui prône la réduction de l'impôt et tonne contre le « *big government* » institue, comme Margaret Thatcher en Angleterre, une véritable religion de l'exécutif, un culte autour de sa personne et de sa fonction. Il a si bien revigoré l'Amérique – au prix il est vrai d'un creusement des inégalités et d'un formidable déficit qui équivalait à un impôt différé – qu'il a mis à mal le dogme central de son action : la non-intervention gouvernementale.

Nous ne discuterons pas ici les rapports com-

---

associés à l'activité (comme la sécurité) et aussi de tous les coûts matériels et symboliques associés à l'inactivité ou à la précarité ». Pierre Bourdieu, *Contre-Feux*, *op. cit.*, p. 46.

plexes du libéralisme et de l'Etat[1]. Notons toutefois que dans aucun des pays qui ont suivi les principes de la « révolution conservatrice » l'Etat n'a dégonflé, au contraire : en Grande-Bretagne comme aux Etats-Unis, le bilan des attaques est mince sur le plan de la santé, plus conséquent pour les allocations chômage[2]. Toute l'ambivalence du citoyen moderne vient de ce qu'*il veut à la fois se protéger de l'Etat et être protégé par l'Etat*. D'un côté, il récuse à juste titre l'intrusion de ce dernier dans l'économie, les tracasseries bureaucratiques qui brisent l'initiative ; il exige en tant que contribuable d'avoir un droit de regard sur le contrôle des dépenses et la politique fiscale (Jacques Genereux). Il s'indigne avec raison surtout dans l'Hexagone de certains privilèges de la fonction publique, du clientélisme de certaines catégories ou des grèves pavloviennes dans les secteurs clefs du transport, SNCF, RATP[3], Air France. Mais d'un autre côté il voit aussi l'Etat comme « réducteur

---

1. Pierre Rosanvallon en donne un bon résumé dans son livre sur l'Etat-providence (pp. 64 *sqq.*). La littérature sur le sujet emplirait une bibliothèque entière. Mentionnons aussi l'ouvrage le plus talentueux en faveur de la disparition de l'Etat : Robert Nozik, *Anarchie, Etat et Utopie*, PUF, 1988 (1974 pour l'édition américaine).

2. « Sous le gouvernement Thatcher, malgré une gestion rigoureuse les dépenses de santé ont même augmenté de 3 % » (Jean- Marc Salmon, *Un monde à grande vitesse*, *op. cit.*, pp. 104-105).

3. Les grèves sont devenues certains mois si fréquentes dans le métro parisien et sur le RER que les jours où le trafic est normal la direction se croit obligé de l'annoncer comme s'il s'agissait là d'un événement extraordinaire…

d'incertitudes » (Pierre Rosanvallon), qui garantit sa sécurité et la paix civile puisque « l'individualisme a marché du même pas que l'étatisme » (E. Durkheim)[1]. De la puissance publique, il exige plus encore : qu'elle le libère du besoin et du danger, qu'elle assure la continuité de la nation, la cohésion de la société mais aussi qu'elle le couve, ne l'abandonne jamais. Le néolibéralisme, cette philosophie des calmes plats, est un risque qui se fait passer pour une sécurité : au premier grain, il s'effondre, appelle au secours. On le voit bien en période de crise : dès qu'un secteur est en difficulté, aéronautique, banques, agriculture, assurances, il quête la manne étatique, surtout quand sa taille pourrait mettre en péril les équilibres fondamentaux. Au lendemain des événements du 11 septembre, il a été stupéfiant de voir en Europe comme aux Etats-Unis une majorité d'entrepreneurs tendre leurs sébiles à la puissance publique qu'ils vouent par ailleurs aux gémonies. Foin alors de l'orthodoxie, crédits et subventions sont débloqués d'urgence, on s'empresse, selon la célèbre expression, de « privatiser les profits et de socialiser les pertes ». Attitude qui pourrait se résu-

1. « La vérité c'est que l'Etat a été le libérateur de l'individu. C'est l'Etat qui, à mesure qu'il a pris de la force, a affranchi l'individu des groupes particuliers et locaux qui tendaient à l'absorber, familles, cités, corporation, etc. » *Textes*, Minuit, 1975, tome III, p. 171. Ajoutons que c'est le pouvoir politique, les princes et les monarques qui ont créé, protégé, étendu les marchés, lesquels ont prospéré sous l'aile bienveillante de l'Etat et non contre lui. Sur le fait que l'Etat et le marché vont main dans la main, se fécondent et se limitent l'un l'autre, voir Michel Henochsberg, *La Place du marché*, *op. cit.*, pp. 310-318.

mer à ce slogan : « fichez-nous la paix, occupez-vous de nous. »

Nous oscillerons toujours entre le trop d'Etat et le pas assez – même si en France sa réforme tarde à venir tant elle bouscule les traditions, effraie la classe politique à droite comme à gauche ; et dans les épreuves majeures, nous exigeons même qu'il se penche personnellement sur notre sort. Il n'y a donc pas de rapport apaisé avec lui, pas plus qu'avec le marché : il fait l'objet de tant de demandes contradictoires que nous le voudrons toujours minimal et omniprésent, modeste et efficace, magnanime et intraitable. S'il faut repenser son rôle comme régulateur, préservateur et protecteur et non plus comme propriétaire, acteur économique (encore qu'en Angleterre, on renationalise les chemins de fer sans le dire et qu'il reste partout le garant des grands travaux)[1], c'est à la critique libérale qu'on le doit : grâce à elle l'institution est désormais sommée de rendre des comptes, de faire la guerre à sa propre incompétence, à ses gaspillages faramineux et ne peut plus se dissi-

1. En octobre 2001, la Haute Cour de Londres place *Railtrack* sous administration judiciaire, symbole de l'échec de la privatisation du rail entreprise en 1988. La société est transformée en trust, compagnie privée sans but lucratif ! Quant à l'économiste américain Paul Krugman, il proteste contre la privatisation à outrance qui s'était emparée de l'administration Bush avide de tout déréguler, de l'école à la Sécurité sociale et, commentant les ratés du système électrique en Californie, plaide pour la régulation d'un certain nombre de structures trop fondamentales qui ne peuvent être laissées à la main invisible du marché. Paul Krugman, « They can't "financialize" everything », *International Herald Tribune*, 20.8.01.

muler derrière son opacité régalienne. Immense chantier à vrai dire, dont nous ne percevons que les contours. Voici donc l'Etat promis à un nouvel avenir puisque sa décroissance reste un mythe[1] : du moins tend-il à devenir de plus en plus la chose de tous et non plus une tutelle anonyme et froide. Il nous surplombe autant que nous le surveillons et ses limites comme ses prérogatives font désormais l'objet de négociations permanentes. Il est certain en tous les cas que l'Etat-providence reste indépassable, quelles que soient les modifications qu'il subira, puisque l'Histoire a prouvé qu'il marche (Bernard Manin) et n'est pas incompatible avec les performances économiques, même si l'on s'accorde aujourd'hui à refuser l'assistanat comme mode de vie.

Reste à savoir si les « antimondialisation » se cantonneront au simple rôle de correcteurs du domaine marchand ou évolueront vers d'autres ambitions : à moins qu'ils ne s'évanouissent purement et simplement, dernier panache de fumée d'un gauchisme nostalgique. De même que Mai 68 n'a parlé l'ultra-bolchevisme que pour mettre fin au surmoi communiste qui pesait sur la gauche, il est possible que le militantisme présent annonce la mort de l'obsession productiviste comme référence suprême. Pour l'instant, il n'en prend pas le chemin et manque cruellement d'une dimension spirituelle.

1. « Au début du XXe siècle, les budgets étatiques représentaient grosso modo quelque 10 % du revenu national et ce pour l'ensemble des nations industrielles. Cent ans plus tard, l'Europe n'est pas loin des 50 % et le Japon, plus modéré, aux alentours de 35 %. » André Fourçans, *op. cit.*, pp. 265-266.

horizon d'une fin [illegible] capi-
talisme. Il faudrait [illegible] la [illegible]

## Chapitre VII

# Les noces de l'individu et du marché

« A partir d'aujourd'hui, vous êtes une appellation. Vous êtes une marque au même titre que Nike, Coca-Cola, Pepsi ou Body Shop (...) Votre premier travail consiste à être le meilleur vendeur de l'appellation Vous. »

Tom Peter, consultant en management.
Cité in Robert REICH, *Futur parfait.*

*« A Joy for ever (and its price in the market) »* (Une joie pour l'éternité et son prix sur le marché).

John RUSKIN, *L'Economie politique de l'art* (1857).

On peut certes toujours imaginer un basculement de l'essentiel, que l'individualisme et l'abondance cessent d'être nos valeurs fondamentales, que surgisse au cours du siècle à venir un frisson inédit, l'horizon d'une foi nouvelle. Pour « sortir » du capitalisme, il faudrait assujettir la personne au collectif, le marché à un autre ordre religieux, politique, communautaire. On peut rêver d'abolir le vil argent et la propriété privée comme cela eut lieu au Cambodge, en Albanie et à Cuba, mais au risque de recréer entre les hommes des liens de subordination étroite à l'Etat et un dénuement qui reste problématique. Une conversion de cet ordre s'apparenterait plutôt à un recul au moment où des dizaines de petits pays pauvres, renonçant à leur politique d'autarcie, réclament l'accès au commerce mondial. Si un changement doit avoir lieu, c'est à partir de nos acquis et non contre eux ; pour les dépasser, il faut d'abord conserver ce qu'ils ont de meilleur.

## DÉSERTION OU DÉMOLITION ?

Il est vrai qu'on voit surgir ici ou là des conduites de déloyauté massives. Quand par exemple les salariés français, dans le cadre de la loi des 35 heures, avouent préférer les richesses du temps libre à des augmentations de revenus ; quand les citoyens en nombre croissant tentent de se protéger de la publicité et de la niaiserie bruyante de ses slogans ; quand des millions d'employés tels les « freeters » japonais (de l'anglais *free* et de l'allemand *arbeiter*) vagabondent de job en job sans souci de fidélité, traitant le travail comme une marchandise négligeable ; quand la tyrannie de l'automobile est remise en cause par de plus en plus de citadins ; quand d'innombrables voix, de par le monde, contestent que la « vraie vie » soit synonyme d'avantages matériels et monétaires sans fin et en appellent à un art de vivre fondé sur ce que les siècles passés nous ont légué de meilleur en matière de clairvoyance et de sagesse ; quand les consommateurs se rebellent contre la tyrannie des marques et leur prétention à régir l'existence humaine. Ou quand un ponte de Wall Street, analyste financier, recommande à ses lecteurs, mi-roublard, mi-provocateur, de « mourir fauchés[1] », c'est-à-dire de déchirer leurs cartes de crédit, de bannir l'héritage, de négliger tout dévouement à leur entreprise, de refuser la retraite et surtout de pratiquer la frugalité, ce nouvel idéal du XXIe siècle, en résistant aux dépenses inconsidérées, aux achats inutiles.

Autant de comportements qui traduisent un désenchantement vis-à-vis des axiomes du système. Ne nous y trompons pas toutefois : désertion ne veut pas dire démolition, il s'agit là de stratégies de freinage, non de renversement. L'intolérance aux débordements de l'économie de marché n'est pas synonyme d'un refus global. Car on conteste le capitalisme comme la démocratie au nom des promesses qu'ils nous font et ne tiennent pas. Et l'on s'afflige de ne pas voir leurs actes s'accorder avec leurs paroles. Qu'on exige une répartition plus juste des fruits de la croissance, une société plus décente, un respect des équilibres écologiques, la fin du protectionnisme des pays riches vis-à-vis des exportations des pays pauvres, un développement durable, cela signifie qu'on veut bien des avantages du marché

1. Stephen M. Pollan et Mark Levine, *Quit Today, Pay Cash, Don't Retire and More important Die Broke*, Harper Business, New York, 1998. (Démissionnez aujourd'hui, payez comptant, ne prenez pas votre retraite et surtout mourez fauchés.)

sans ses conséquences dommageables. En d'autres termes, on veut bien du capitalisme comme logique économique (mais assorti de sérieux correctifs), on veut peut-être moins du capitalisme comme civilisation, redoutable contradiction dont nous ne sommes pas près de sortir. En quoi la distinction de Zaki Laïdi (reprise par Lionel Jospin) « Oui à l'économie de marché, non à la société de marché » est à la fois éclairante et problématique.

## LA CONCURRENCE ET LA CONVENANCE

La société de marché, nous y sommes pour ainsi dire depuis les origines. C'est dès les Lumières qu'apparaît la monétarisation des plaisirs et des peines (du moins à titre de possibilité), le calcul des activités humaines en termes d'avantages et de coûts. Pour Adam Smith, la société idéale devait être structurée comme un marché puisque les lois de ce dernier sont en harmonie avec la destinée de l'homme. C'est le XIX^e^ siècle qui soumettra la substance des nations européennes à ce nouveau pouvoir. En bouleversant les conditions de vie de millions de ruraux, en les jetant vers la fabrique et la manufacture, la révolution industrielle a non seulement créé un prolétariat surexploité, elle a fait de la société elle-même un « appendice du système économique » (Karl Polanyi) dans lequel les relations familiales, personnelles sont toutes encastrées. Un processus commencé il y a plusieurs siècles achève son travail de sape et s'étend à l'intégralité des pays européens et nord-américains. Dès lors la question n'est pas : pour ou contre la société de marché, mais jusqu'où, jusqu'à quel niveau ? La critique de la marchandisation du monde est aussi vieille que le capitalisme lui-même et accompagne son essor depuis le XVIIIe siècle à chaque étape de son développement.

Or cette notion recouvre deux choses différentes. En premier lieu la redéfinition des activités dévolues à l'Etat et au secteur marchand : tel le *public/private partnership* du New Labour anglais, qui autorise la puissance publique à confier à des entreprises privées des concessions de marchés captifs (prisons, hôpitaux, transports, écoles) avec garanties d'exploitation et de remboursement public. Déplacement d'une ligne de démarcation « entre secteurs marchand et non marchand au bénéfice d'agences autonomes » (Zaki Laïdi) où l'Etat se défausse de ses anciennes missions pour mieux se concentrer sur d'autres qu'il juge essentielles : le public délègue au privé ce que celui-ci peut faire aussi bien. En second lieu, on entend par société de marché la monétarisation progressive des comportements humains, le fait que nous devenions tous des clients en amour, en religion, au travail, dans l'éducation, tous des consommateurs prêts à débourser pour recevoir tel ou tel service. Ainsi, avec la multiplication des sectes et des églises, la scène spirituelle contemporaine est-elle devenue un marché sur lequel des entrepreneurs de l'âme, en situation de libre concurrence, draguent des fidèles volatils et très sollicités[1]. En quoi nous sommes entrés, même pour l'adhésion religieuse,

1. Danièle Hervieu-Léger, *La Religion en miettes ou la question des sectes*, Calmann-Lévy, 2001, p. 131.

dans l'espace du menu : quand un hebdomadaire de gauche propose par exemple dans l'un de ses suppléments 80 lieux de culte au banc d'essai, églises, temples, synagogues, mosquées, pagodes, avec leurs sites, leurs rites, leurs officiants, leur confort, il transforme la foi en expérience touristique, avec les quatre-étoiles et les lieux à éviter[1]. La société de marché est donc l'addition de la société de concurrence et de la société de convenance : l'une régit les rapports de compétition entre personnes, entreprises ou institutions et ne connaît que les sanctions du succès ou de l'échec ; l'autre esquisse un modèle contractuel simple et séduisant valable pour toutes espèces de liens. D'un côté, l'héroïsme et la douleur de la rivalité ; de l'autre, la colonisation lente de l'espace intime, amoureux, psychique. La question se complique du fait qu'il y a congruence entre le marché et le moi comme petite entreprise : en travaillant à son développement personnel, en maximisant ses talents, l'individu obéit aux mêmes principes d'utilité et de rationalité que l'économie. Chacun devient un capital à faire fructifier, et le capitalisme comme culture stimule et accompagne l'individualisme qui épouse ses rythmes et profite de sa souplesse, de sa flexibilité[2]. Non seulement l'argent nous libère de nos obligations sociales, allège nos appartenances, mais chacun désormais peut se convertir en « société anonyme » se considé-

---

1. *Le Nouvel Observateur*, Supplément Ile-de-France, 7.12.2000.
2. Je renvoie ici à l'excellent livre de Michel Lacroix, *Le Développement personnel*, Dominos, Flammarion, 2000, à la fois synthèse et outil critique sur le sujet.

rer « comme une entité économique à part entière[1] » (Bridges) qui doit apprendre à se vendre, à se monnayer puisque le soi est devenu un bien comme un autre, soumis à l'offre et à la demande. S'il existe un « catéchisme de la quantité », c'est qu'il est un seuil, comme disait Marx, où la quantité se transforme en qualité, où elle est libératrice, multiplie les opportunités pour tous. Voici donc notre valeur intime soumise à fluctuation, au-delà du petit cercle de ceux qui nous aiment envers et contre tout. Au point que le rocker David Bowie et la conseillère en bien-vivre Martha Stewart ont émis des actions d'eux-mêmes… Telles ces personnalités du showbiz, de la politique, du sport évaluées semaine après semaine dans les magazines, nous sommes constamment en hausse ou en baisse à la Bourse de l'opinion et ce tribunal est à la fois sans pitié et versatile : le krach peut y être suivi d'une résurrection, comme ces artistes des années 60-70 qui reviennent sur scène après vingt ans d'éclipse.

## L'ORGIE MERCANTILE ET SES BEAUTÉS

De la même façon le discours sur le vide du consumérisme est aussi vide que ce qu'il dénonce. (Voyez tous ces auteurs anglo-saxons et leurs épigones chez nous qui ont pris pour cible la trilogie du sexe, du fric et de l'esbroufe ; par contagion, ils paraissent aussi futiles que l'objet de leur dénoncia-

1. Cité *in* Dominique Meda, *Qu'est-ce que la richesse ?*, Champs, Flammarion, 1999, pp. 131 et 132.

tion. Celui qui ne découpe dans le temps présent que le superficiel et le mondain trahit sa propre superficialité même s'il passe son temps à la fustiger.) Formulé il y a deux siècles à propos de la querelle du luxe, l'anathème sur le superflu n'a guère varié depuis et se poursuit dans les mêmes termes. Il faut en période de Noël par exemple payer son tribut rhétorique au remords pour se gaver ensuite, en toute bonne conscience. La récrimination anti-marchande autorise une capitulation délicieuse devant l'orgie mercantile. On peut bien fustiger les veaux qui se ruent dans les supermarchés et se repaissent de bimbeloterie clinquante. Mais l'achat, avec ses règles simples et ses plaisirs évidents, persiste parce qu'il offre à tous les joies d'une plénitude illimitée et du désir satisfait sur l'heure. On n'y exige d'autre formalité qu'une grande fringale et les moyens de se l'offrir ; c'est pourquoi le vrai scandale de la consommation, c'est d'en être tenu à l'écart par manque de liquidités. On y est saturés, nourris comme des bébés à la cuillère, et si l'on est vite écœurés par ce tiède enfer, on y revient sans délai pour colmater notre inquiétude, nous émerveiller de cette surabondance affichée. Société de la vitrine où la marchandise est mise en scène selon des règles théâtrales sophistiquées qui garantissent sa « valeur ajoutée ». Les attaques contre la plèbe qui se vautre dans les gadgets et les colifichets trahissent un grande condescendance vis-à-vis de ce peuple qu'on voudrait affranchir malgré lui des séductions commerciales.

### L'Apocalypse et la résurrection

On sent chez certains critiques du capitalisme une double disposition : d'un côté l'envie de le contrecarrer, de lui mettre des bâtons dans les roues autant que faire se peut. De l'autre, la tentation d'en accélérer le cours pour mieux hâter sa chute. Fantasme déjà présent chez Marx et qui consiste à étendre partout un mode de production honni, à l'exténuer par surenchère afin qu'il bascule soudain en son contraire, l'âge d'or. Son dépérissement aurait pour condition son extension planétaire : au bout de la nuit, après la dévastation, le passage des hordes industrielles, surgit la lueur d'une nouvelle aurore. Un capitalisme congédié par lui-même, se rendant inutile à force d'avoir réussi ? Si tout devenait marché, comme nous le prédit Jeremy Rifkin, avec une inquiétude fascinée, plus rien ne le serait. Une attente de ce type peut ravir l'imagination, elle ne résiste pas au bon sens : d'une part, le capitalisme est loin de régner partout ; même s'il est sans rival, il est absent, dans ses formes les plus élémentaires, de la moitié du monde. De l'autre, le voir en cavalier de l'Apocalypsc portant, dans son chaos, les promesses d'un merveilleux horizon, c'est encore trop lui demander, transférer à la seule sphère économique une espérance jadis confinée aux religions. On ne peut en attendre autre chose que ce qu'il sait faire : produire des biens matériels en nombre illimité, rien de plus. Lui insuffler des visées mystiques eschatologiques, c'est proprement délirer.

Si le consumérisme tient, en dépit des attaques dont il est l'objet, c'est « qu'il satisfait une demande réelle d'autonomie qui s'exprime dans l'usage de l'automobile, de l'internet et du téléphone portable (...) L'idée de croissance a de beaux jours devant elle comme métaphore d'une ouverture continue au champ des possibles[1] ». De même que le travail, servitude pour les uns, permet aux autres de s'émanciper et aux femmes par exemple de conquérir une véritable autonomie financière, il n'y a pas de développement matériel qui ne soit aussi spirituel dans la mesure où il fraye des voies nouvelles pour les individus. Il n'est rien de strictement marchand qui n'ait des résonances psychiques, de l'humain intervient toujours dans le rapport le plus vénal malgré la laideur des intentions et l'âpreté du marchandage. La technique, contrairement à ce que croient les passéistes, n'est nullement artificielle : elle est devenue une seconde nature, une extension de notre système nerveux, et le phénomène ira s'aggravant avec la greffe déjà possible dans le corps de microprocesseurs, d'implants (et l'introduction simultanée de neurones vivants dans les ordinateurs) faisant de nous ces « dieux prothétiques » que décrivait Freud au début du XXe siècle. De là l'insuffisance de la notion tocquevillienne de « passion du bien-être » appliquée aux sociétés démocratiques : c'est confondre le terme et le moyen car l'accumulation matérielle n'est qu'un support de l'épanouissement de soi. Le confort, en apaisant l'environnement, permet de se construire en toute quiétude sans gaspiller ses forces à se réchauffer, à se protéger. Le goût des aises n'est pas obscène

1. Bernard Berret, « La Nouvelle Economie, mythe libéral ? », *Esprit*, novembre 2000, p. 22.

ou ramollissant, il est émancipateur : il multiplie les potentialités pour chacun de nous, il est le pouvoir de ne pas rester assujetti au monde extérieur. Le consumérisme va de pair avec la passion d'être soi, de « devenir ce que l'on est », selon ce mot de Nietzsche mille fois plagié par la publicité, et le moi, loin de s'y engloutir, s'appuie sur lui pour se construire. Les objets dont nous disposons, des lunettes à l'ordinateur, nous affranchissent des contraintes de l'espace et du temps, décuplent nos capacités réduites, notre maîtrise sur le réel, mettent à notre portée des pouvoirs jadis attribués aux seuls mages ou chamans. Ces outils fabuleux nous permettent d'agir à distance, de communiquer à des milliers de kilomètres, et l'existence ne serait plus concevable sans eux.

Prenons un autre exemple souvent invoqué dans ce type de polémique : celui de la vénalité amoureuse. Quand un stéréotype contemporain voit dans le « libéralisme » la source de toutes les infortunes sentimentales parce qu'il provoquerait l'exclusion des laids et des faibles, il confond cause et conséquences : en ce domaine comme en d'autres, le « marché » se contente d'exagérer des comportements inhérents au sentiment. La dictature de la beauté, l'élection arbitraire d'un être au détriment de tous les autres, la rebuffade, les affinités érotiques, le narcissisme de couple, les petits marchandages sordides, les contentieux qui s'accumulent, le marché ne les invente pas, il les trouve à l'œuvre dans la mécanique passionnelle. Jusqu'à preuve du contraire, ni la frénésie sensuelle ni l'amitié ni les liens familiaux ne relèvent d'une logique strictement financière. On peut louer un corps, une escorte, une compagnie, on ne peut acheter l'affection, le désir ou l'estime. Souvenons-nous tout de même que c'est dans les siècles passés, à travers l'esclavage et le mariage forcé, qu'un être humain pouvait être vendu en totalité ; que les pénitences religieuses, en Europe, à partir du VIIe siècle, se monnayaient par le versement d'une somme réparatrice – on « payait » Dieu, en quelque sorte – et que l'Eglise de Rome sombra, à la fin du Moyen Age, dans le trafic des indulgences et la simonie, le commerce d'objets sacrés et de charges ecclésiastiques. N'oublions pas que certains empereurs achetèrent eux-mêmes leur élection tel Charles Quint. Et qu'aujourd'hui enfin, c'est dans les pays non capitalistes et non démocratiques que fleurissent les formes les plus dégradantes de servage et de prostitution, y compris chez les enfants.

On pourrait soutenir que la logique marchande, à travers les industries de la cosmétique, de la chirurgie esthétique, de la diététique, du sport, tend à corriger les inégalités naturelles, les disgrâces physiques et se met ainsi au service des plus défavorisés. Pas d'univers plus cruel que celui où l'argent ne permet pas d'équilibrer ou de contrebalancer les privilèges esthétiques d'une petite élite. Mais il est un trait de l'amour que ni l'Etat ni la justice ne pourront redresser, c'est la préférence. Etre aimé, c'est d'abord être choisi de façon indue par une adhésion, un acquiescement total. Aucune mesure ne pourra abolir cette part d'arbitraire qui fait d'un être le centre unique de mon attention au détriment de tous les autres. Ne nous leurrons pas : la mise hors jeu du veau d'or ne serait pas synonyme de candeur. Gratuité ne signifie pas désintéressement :

il est mille mobiles psychologiques, la jalousie, la colère, la cruauté, aussi peu ragoûtants que la cupidité. Et les moralistes du XVII^e siècle ont bien montré que derrière les actes les plus nobles du héros se cachait la motivation moins glorieuse de l'amour-propre. Le braconnage financier viendrait donc empiéter sur le terrain vierge des grands sentiments et de l'ingénuité ? La bonne blague ! L'argent joue un rôle essentiel de purgatif, de bouc émissaire universel : il condense et ramasse sur lui toute la saleté humaine. Il est « le ferment de toute végétation sociale, la boue de laquelle jaillissent les plus belles œuvres », disait Zola, qui le comparait d'ailleurs à l'amour, combinant comme lui l'ordure et la merveille, la souillure et la vie. C'est la force du capitalisme que de s'appuyer sur les instincts les plus vils de l'homme pour les convertir en marchandises, en culture, en institutions. « L'économie, c'est la science du sordide, pas de la pureté » (Alfred Sauvy).

## LE MONDE À MA GUISE

Il faut établir le seuil à partir duquel les procédures émancipatrices deviennent oppressives et l'individualisme triomphant le meilleur ennemi de l'individu, qu'il affaiblit au lieu de l'aider. Quand le supermarché devient le seul « lieu de vie » pour une majorité de gens, leur seul espace de rencontre, de loisirs et d'épanouissement ; quand l'école dès la maternelle devient non l'initiation aux savoirs mais l'apprentissage du consumérisme et que la publicité envahit jusqu'aux toilettes des lycées et des universités[1] ; quand l'espace public se réduit au village commercial, à la centrale d'achats, quand enfants et adultes passent entre trois et quatre heures par jour devant la télévision, reconstruisent leurs journées en fonction des séries, des jeux qu'elle propose ; quand cette même télévision, de l'aveu de ses concepteurs, n'est qu'un flux d'images entre deux annonces commerciales, le remplissage qui va de l'une à l'autre[2] ; quand chaque être humain est promis au destin glorieux de panneau d'affichage, du poupon à l'arbitre de football ; quand des romanciers, confondant l'écriture et le tapinage, se font rétribuer pour citer Hermès, Gucci, Prada dans leurs livres ; quand les marques aspirent à être nos nouvelles patries et que

1. Naomi Klein explique comment les chaînes de fast-food, les sociétés d'équipements sportifs et d'ordinateurs sponsorisent les écoles à des conditions souvent draconiennes, développent une mentalité d'« expertise consumériste » chez les élèves et les étudiants. Non seulement il est interdit de dénigrer les marques qui vous aident – par exemple manifester contre le tabac si une fabrique de cigarettes vous subventionne – mais les campus américains et canadiens ressemblent de plus en plus à des centres commerciaux. (Naomi Klein, *No Logo*, Actes Sud, 2001, pp. 123, 124 et 132, 133.) Aux Etats-Unis, la chaîne Channel One, installée dans 40 % des lycées et collèges, fournit équipements télévisuels et vidéo à condition de pouvoir diffuser deux minutes de publicité toutes les dix minutes.

2. A la question qu'est-ce que la télévision, Piet Hien, représentant au Portugal de la société Endemol, producteur de *Loft Story* et de *Big Brother* a répondu : « C'est, entre chaque écran publicitaire, créer un contenu suffisamment attirant pour que les écrans pub aient des audiences. C'est tout. » *Journal du Dimanche*, 4.11.01.

nous ne sommes plus français, chinois, mexicains, italiens mais habitants de la planète Nike, Nitendo, McDo, Sony, Pepsi, Burger King[1] ; quand les entreprises ambitionnent non seulement de nous vider les poches mais de faire chambre commune avec nous du berceau à la tombe et tentent de nous fidéliser à travers une connaissance intime de nos goûts, de nos désirs ; quand elles ne se satisfont plus seulement d'être des lieux de production mais se veulent les Eglises de demain qui disent et prescrivent les valeurs, alors il y a lieu de s'alarmer, il y a quelque chose de pourri au royaume de Danemark.

Toutefois, on risque là aussi de prêter au marché un pouvoir qu'il n'a pas ; ce n'est pas lui qui a créé le narcissisme, le crétinisme médiatique, la volonté de divertissement à tout prix, ce n'est pas lui qui a détruit au début des temps modernes la double tutelle de la tradition et de l'autorité. Il se contente de les accompagner en les grossissant, il est une caisse de résonance, un facteur de massification puisqu'il étend à des millions d'hommes un phénomène d'abord localisé à un petit groupe. Si Mai 68 a favorisé l'extension du « libéralisme » c'est que le marché s'est engouffré dans les nouveaux espaces de liberté ouverts par les événements comme il s'engouffre aujourd'hui derrière le droit des femmes ou

---

1. Tel le Kid Club de Burger King « qui développe une communauté d'intérêts entre ses jeunes clients ». Ses 4 millions de membres ont droit à des promotions sur les repas et à un certain nombre de cadeaux annexes. Il organise également un centre de correspondance. Les ventes de Burger King ont triplé depuis 1990, date de la création du club, qui fonctionne dans plus de 25 pays. (Jeremy Rifkin, *op. cit.*, p. 146.)

des minorités. L'individu, il est vrai, en abolissant les liens de transmission, en frappant de nullité coutumes, tabous, appartenances, a été directement porté par le capitalisme, lequel fut un accélérateur plus qu'une cause directe. *Le marché entre toujours dans nos vies avec notre complicité*, parce que nous le voulons bien. S'il prend place dans notre intimité, met notre corps à l'encan, commercialise gènes, cellules, organes, c'est aussi avec notre consentement (il est même des gens qui ont tenté de vendre leur âme sur Internet, sans grand succès. Faust de nos jours ne trouverait plus preneur). Si l'imaginaire dominant de nos sociétés est un imaginaire marchand, c'est qu'il épouse mieux que tout autre le mythe de l'individu roi, exigeant d'avoir le monde à disposition. Nous ne sommes pas devenus d'affreux rapaces, nous sommes devenus d'affreux pachas.

Le marché n'est jamais premier, il n'innove pas, se conforme et dès qu'une chose fonctionne, il s'emballe, démultiplie les effets, grand propagateur qui va piller les idées les plus nobles, les arts les plus sublimes, les attitudes les plus provocatrices pour les répandre aux quatre coins du globe et en tirer profit. Son rôle est d'épouser la vague, d'obéir aux maîtres les plus divers, de presser le citron le plus juteux, qu'il s'appelle audimat, revendication identitaire, accomplissement de soi, nouvelles spiritualités. Eminemment opportuniste, il s'engouffre dans les niches porteuses, se fait diligent serviteur, intermédiaire zélé. Et son pouvoir merveilleux, quand il étend à tous les bienfaits d'une découverte ou les beautés d'une œuvre artistique, devient nocif dès qu'entraîné par sa propre vitesse, il multiplie les besoins artificiels, nous étourdit sous un flot de camelote, de cochonneries innommables.

Le marché accompagne la définition de l'individu comme être essentiellement désirant. Désormais, nous sommes d'abord ce que nous désirons : des objets, des êtres, des styles de vie, des expériences. Nous confondons la multiplication des droits avec celle des appétits, sans concevoir la moindre contrepartie sous forme de devoirs. Une société de marché est d'abord une société de services axée sur la commodité et l'immédiateté : ajustement le plus minutieux de l'offre à la demande, et plus l'offre est personnalisée, adaptée aux goûts de chacun, plus elle est valorisée. Jouissance considérable : me voilà sûr d'obtenir immédiatement – moyennant finance – ce que je désire, une gigantesque organisation se plie à mes moindres désirs. L'agrément du service, c'est qu'il n'est pas seulement du temps comprimé, un court-circuit qui accélère des procédures habituellement longues et fastidieuses : il offre à chacun démocratiquement les avantages que les domestiques, cochers, majordomes, cuisiniers, offraient jadis à leurs maîtres et cela sans dette morale ou affective puisqu'on n'y est l'obligé de personne. Tout ce qui était gratuit peut donc devenir fonction payante sous-traitée par des spécialistes ; les tâches ménagères, familiales, mais aussi l'éducation et la garde des enfants, le soin aux personnes âgées ou encore l'organisation de vacances ou d'événements festifs par des clowns, des vidéastes, etc. Il n'est pas un domaine du quotidien qui ne puisse être pris en charge par un « expert ». Pas une extravagance qui ne puisse être exaucée : avoir une montgolfière dans son jardin, un kangourou dans sa chambre, un cigare cubain dans la minute, un hélicoptère dans une heure, un massage tibétain des orteils, on peut même « louer » des convives s'il vous manque deux ou trois personnes à un dîner (pourvu qu'ils soient du même niveau socioculturel) et mieux encore, s'offrir des « amis payants », rémunérer un « coach » afin qu'il me prodigue son attention, son intérêt, son écoute. « L'échelle de prévenance » varie selon les prix[1]. Il existe également au Japon des professionnels de la rupture qui vous aident à divorcer. Le service triomphe quand le temps est devenu la denrée la plus précieuse et qu'on en manque pour le consacrer à d'autres occupations. La conclusion logique de la société de marché, c'est *la prostitution généralisée*, la transformation du genre humain en prestataires ou clients, une armée de petites mains prodiguant des soins multiples aux prospères pressés. Mais c'est aussi la généralisation du soupçon puisqu'il n'est pas un sourire, un geste qui ne puisse être vu comme un calcul, ne soit chargé d'arrière-pensées mercenaires. L'individu moderne voudrait la rapidité du paiement plus l'authenticité des engagements : l'argent semble un moyen de tout simplifier, mais en simplifiant il pervertit. A l'ancienne ques-

1. « Posséder des meilleurs amis est une chose merveilleuse. Mais si votre meilleur ami exerce une profession libérale, sur qui pouvez-vous donc compter pour réfléchir avec vous sur les principaux événements de votre vie privée et surtout professionnelle ? Vous aurez les deux en engageant un entraîneur personnel : l'ami et l'entraîneur » (Association pour les entraîneurs personnels et professionnels) (Robert Reich, *op. cit.*, pp. 204-205).

tion : qu'est-ce qui se fait ou ne se fait pas, succède le : combien ça coûte ? Au-delà du prix, ce recours exclusif à la finance finit aussi par nous coûter cher, nous fige dans une socialité factice. C'est sans doute le grand malheur des riches : n'être jamais sûrs d'être aimés pour eux-mêmes, percevoir sous la moindre caresse, confidence, les arcanes d'une préméditation intéressée. Plus les rapports humains sont soumis à l'emprise du service, plus ils se dégradent, s'étiolent. C'est le revers de la médaille. Les autres ne sont pas que des serviteurs destinés à étancher toutes mes soifs, assouvir toutes mes lubies. A chacun de nous de savoir s'il veut habiter cette terre en petit maître ou en poète, en parasite ou en ami.

## UNE VICTOIRE PARADOXALE

Le monde moderne a perdu son âme : ce constat, aussi ancien que la modernité elle-même, fut dressé il y a deux siècles par les Romantiques avec une acuité qui n'a rien perdu de sa pertinence. Il omet tout de même un point fondamental : dans la profusion des voluptés matérielles dont nous sommes abreuvés, nous avons aussi conquis un bien inestimable, la liberté personnelle. *Nous sommes et restons les enfants des Lumières et de la prospérité*, pour le meilleur et pour le pire, même si ces deux ordres sont voués à entrer en conflit. Voici donc venu le temps de l'individu souverain, piaffant et trépignant, à qui le marché donne licence de n'en faire qu'à sa tête, flatte ses moindres inclinations. Il n'est menacé aujourd'hui en Occident que par sa propre présomption ; il doit, sous peine de devenir son pire ennemi, imposer des limites à ses convoitises les plus exorbitantes, ne pas se transformer en nourrisson insatiable et récriminant. Une démocratie peut mourir de l'autoritarisme rampant, du poison totalitaire ; mais aussi du dépérissement de ses propres valeurs, invoquées à tout propos pour satisfaire les aspirations les plus folles de tel groupe, de telle minorité.

Or le moi n'est pas tant haïssable, comme le disait Pascal, que *pitoyable* lorsqu'il se réduit au face-à-face avec soi-même, à l'interminable rumination de ses petits problèmes. Abolition du péché originel, proclamait la Révolution française. Abolition de la dette renchérit la modernité. Désormais, je n'ai plus aucun devoir envers mes ancêtres, je n'ai plus à me soucier du poids d'un héritage, je suis tout entier contemporain à moi-même. Mythe de l'auto-engendrement de soi dont le self-made-man serait l'illustration exemplaire, s'étant pour ainsi dire extrait lui-même du néant, de la pauvreté. Mieux encore : à travers l'institution du crédit, je peux tirer des traites sur l'avenir, m'offrir des morceaux de temps qui serviront à mon bien-être immédiat. Pacte faustien où je peux vivre au-dessus de mes moyens en hypothéquant le futur, en faisant de lui mon obligé à qui j'emprunte années et plaisirs. Mais voyez comme le mécanisme de l'émancipation est retors. Une fois le moi délesté de toute gratitude envers le passé, *le voici qui devient à lui-même sa propre dette*. Il se doit à tout instant de se faire exister, de prouver aux autres qu'il vaut quelque chose, qu'il est « une personne et non personne » (Isaiah Berlin). Le voilà entré dans l'ordre d'une hypothèque sans fin où il est toujours perdant, où il ne peut jamais se rédimer car les preuves (de son courage, de ses aptitudes, de son intelligence) s'accumulent sans être concluantes. (On pourrait imaginer, dans un geste nietzschéen, l'humanité entière rachetant sa dette envers Dieu pour la mort du Christ. Mais aucune somme d'argent ne pourrait éponger le passif, et l'homme resterait éternellement débiteur à l'égard de son créateur.)

Pourquoi tant de jeunes gens, jeunes filles se soumettent-ils aux procédures dégradantes et débiles des *reality-shows* (style *Big Brother*, *Loft Story*, *Kho Lanta* ou *Star Academy*) ? Surtout pour être reconnus, acquérir une célébrité minute, même au rabais. C'est tout le paradoxe de la vie privée : ayant gagné de haute lutte la guerre pour le respect de son intimité et de ses opinions, l'individu occidental, inquiet de paraître inconsistant aux yeux d'autrui, fait tout pour dévoiler son petit tas de secrets et s'exhibe volontairement partout où l'on veut de lui. Affolé d'être soustrait aux regards d'autrui, il barde son appartement de web-cams, fréquente les clubs échangistes, raconte par le menu sur les plateaux de télévision ou dans des livres ses mœurs amoureuses, bref, il tente de convertir l'insignifiance de son quotidien en événement capital. Il fait pipi, se gratte le nez, mange et dort chaque jour ! Cela mérite d'être révélé au monde entier sur-le-champ. Il accepte donc de la machine médiatique ce qu'il ne tolérerait pas d'une Eglise ou d'un Etat. Servitude volontaire car il oscille entre la peur du contrôle social et la peur équivalente de passer inaperçu. La soif de publicité culmine dans le processus de l'épiphanie médiatique où il me suffit d'apparaître pour être : révélation instantanée qui me dispense de toute activité, de tout travail sur moi-même. Seul le regard d'autrui me dit qui je suis, où j'en suis. Si le passage à l'écran ne suffit pas, reste un autre recours : l'élimination réciproque des concurrents par un vote (belle métaphore, par parenthèse, de la vie en entreprise). Ce type d'émissions cumule les deux modèles du tribunal et de l'école : quel que soit mon âge, j'y suis toujours en position d'être reçu ou recalé, sauvé ou condamné. Petitesse de ces ego avides de s'affirmer et prêts à s'humilier les uns les autres en public pour exister l'espace d'un moment. Mais à vouloir se hausser en écrasant autrui, on se rabaisse, comme dans ces parodies de justice qu'affectionnaient il y a peu les Etats totalitaires. L'individu contemporain estime ne pas avoir la place qu'il mérite : il va la conquérir sous les spotlights au prix de l'insulte, du ridicule, de la mortification. Sacrée victoire !

Pauvre moi tout entier voué à lui-même, qui se croit autosuffisant mais mendie l'approbation des autres, oscille entre la prétention frénétique et la dépendance absolue, voudrait la chaleur du collectif moins les obligations qui en découlent. L'existence lui est une vexation permanente puisqu'elle blesse son désir d'autonomie. « Le sentiment de sa souveraineté ne lui met pas la joie au cœur, elle l'oppresse bien plutôt, pour ne pas dire qu'elle le désespère[1]. » L'individualisme basique prend toujours la forme d'une tautologie : sois ce que tu es, deviens toi. Au lieu que

1. Leo Strauss, *Le Libéralisme ancien et moderne*, PUF, 1990 (1968 pour l'édition américaine), p. 375.

la liberté soit la capacité de se quitter, de se désengluer de son univers social, elle se réduit au simple trajet de moi à moi. Quelle tristesse pourtant que d'être soi, de coïncider avec son être ! Alors que la beauté de l'existence, c'est de s'échapper, de s'ouvrir à la multitude des destins possibles que nous portons en nous-mêmes. Plutôt que d'être quelqu'un, pourquoi ne pas vouloir être plusieurs ? Se connaître n'est utile que pour mieux s'oublier, n'être plus encombré de soi, se rendre disponible à la splendeur du monde. Faut-il rappeler cette évidence que la richesse d'une personne est celle des rapports qu'elle entretient avec les autres, de son aptitude à tisser des liens de toutes sortes par l'offrande, la ferveur, la réciprocité ? Qu'un homme n'est grand qu'à se dépasser dans une chose plus vaste, dans la révélation d'un univers plus dense, plus durable que sa simple subjectivité ? Réconcilier le souci d'indépendance et le besoin d'appartenance, telle est probablement notre tâche dans les années à venir, même si les allégeances doivent être de préférence choisies et non subies, plurielles et non uniques, révocables et non permanentes. Il est d'autres usages de soi que l'utilitarisme hédoniste. C'est la tension qui est fécondante, non le monopole d'un seul terme qui s'érige en dogme.

## NÉGOCIER LES LIGNES DE DÉMARCATION

Dénoncer la marchandisation de la vie sans dire ce qui la rend possible et même désirable, le triomphe de l'individualisme, c'est se tromper de cible. Nous ne sommes plumés, grugés, dépouillés qu'avec notre approbation. Comme la publicité qui parle toutes les langues parce qu'elle se moque de chacune et n'est qu'une forme sans contenu, le marché épouse toutes les mentalités, il ne les crée pas. Pour le dire autrement : aucune société n'est de marché pur puisque c'est elle qui imprime à ce dernier sa vitalité ou sa faiblesse. Contrairement à ce que pensait Thomas Paine au XVIIIe siècle, qui voyait dans le négoce l'apogée de la dignité humaine, c'est la culture, le lien social entendus au sens large qui déterminent le dynamisme ou la stagnation économique. Schumpeter avait ainsi réénoncé le paradoxe de la main invisible : pour que le vil plomb de l'intérêt égoïste se transforme en or, il doit être encadré par des institutions, des personnes (juges, policiers, politiciens, fonctionnaires) dont les mobiles n'ont rien à voir avec ceux de l'*homo economicus*. Autrement dit, le capitalisme ne fonctionne que canalisé par l'Etat, les associations, les mœurs, qui ressortissent d'une autre logique et n'obéissent pas uniquement à la loi du profit. Il ne saurait à lui seul contrôler tout le champ des activités humaines. C'est parce que la société n'est pas tout entière de marché que l'économie peut l'être : une coïncidence entre les deux aboutirait probablement à une désintégration réciproque. Un hôpital par exemple ne survit que par le dévouement inouï de son personnel, lequel ne compte ni son temps ni sa générosité pour entourer les patients. On ne donnerait pas cher de la peau du malade si l'appât du gain seul guidait la main de l'infirmière. De même, privatiser la sécurité aérienne, sous-payer les employés en les formant à peine, c'est se préparer de belles catastrophes. Il n'existe aucune contrée au monde qui ne soit régie que par les seules lois de la concurrence, de la solvabilité, de l'individualisme radical : même la très capitaliste Amérique équilibre plus que jamais son appétit d'entreprendre par le puritanisme, un nationalisme ombrageux, une religiosité omniprésente et un sens aigu des solidarités communautaires. Tisser le lien social avec le seul argent, l'imposer en tiers dans tous les rapports, c'est bâtir sur du sable. Le vrai lien se forge sur le long terme, s'enrichit de tous les aléas de l'existence, constitue une création collective qui nous dépasse. L'argent est un grand facilitateur mais cette facilité se paie à son tour en rétrécissement, en indigence. Pour reprendre le langage des Lumières, ce sont les usages, un certain type d'hommes et de valeurs qui priment, et la dimension économique est toujours dérivée.

Autrement dit, quand la logique monétaire devient coercitive à son tour et cannibalise le vivant, il faut, par équilibre, raviver les logiques non marchandes, même si elles furent jadis contraignantes : prôner un conservatisme intelligent qui sache faire à l'individualisme et à l'égalitarisme leur juste place tout en corrigeant leurs excès. Parce que le monde n'est pas né avec moi et ne s'éteindra pas à ma mort, une certaine conversation avec le passé constitue une sauvegarde indispensable face aux dérives de la modernité, une chance d'échapper aux tyrannies de l'immédiat. Critiquer le capitalisme ne suffit pas puisque c'est une autre façon de l'alimenter. Il s'agit plutôt de borner les territoires où l'argent ne saurait imposer sa loi sans dommages graves, et avant tout l'école.

Autant il est admissible de hiérarchiser les

établissements scolaires en fonction de leurs résultats, autant c'est détruire l'école que d'en faire une fabrique de clients et non d'hommes libres. Les entreprises qui guettent avec une patience de chasseur les failles de l'Education nationale – et Dieu sait s'il y en a – sont dans leur rôle. Mais c'est la mission de l'Etat que de préserver pour l'enfant un espace libre de tout endoctrinement confessionnel, idéologique ou commercial afin d'offrir à tous, sans discrimination, une culture de qualité. Nos pays ont un besoin urgent d'une grande réforme de l'enseignement, lequel, gigantesque et coûteux, produit autant d'ignorance que de savoir, autant d'inégalités que de réussite. Mais cette réforme, ce n'est pas le privé qui l'assurera quelles que soient les méthodes préconisées, l'école à la maison, le smic éducatif, l'achat de services adaptés par les familles ou le *just in time open learning*, la formation ouverte juste à temps où l'on apprend en ligne les choses dont on a besoin à un moment précis. L'école n'est pas une entreprise miniature ni les lycéens un corps de métier (Claude Allègre), si métier veut dire activité rémunérée. Elle n'obéit pas à des critères de rendement mais de compétence et de diffusion des connaissances. Même si elle constitue le lieu de savoirs utiles qui se monnaieront plus tard, elle doit continuer d'assurer l'apprentissage de disciplines gratuites liées au simple accomplissement personnel. A quoi bon apprendre la musique, la philosophie, la peinture, les langues mortes si c'est pour devenir ensuite ingénieur, cambiste, astronaute ? Parce que c'est ouvrir dès l'enfance des portes qu'il nous appartiendra avec l'âge de pousser ou de laisser closes ; parce que c'est offrir à chacun la possibilité incroyable d'échapper à la monotonie d'une seule carrière, d'un seul profil, surtout si l'on a eu la chance d'être initié par un professeur hors du commun. Le monde est plus riche que ma simple existence, il y a d'autres réalités, merveilleuses, insolites, que je vais abandonner : voilà le message de l'école qui nous donne une double leçon d'humilité et de curiosité. Elle reste un luxe dans nos sociétés utilitaristes parce qu'elle entretient l'esprit du loisir studieux qui ne « sert » foncièrement à rien. D'où la haine qu'elle suscite chez ceux qui veulent l'adapter aux demandes du marché ou des personnes privées. Il importe donc de la sanctuariser, de la protéger du monde, au risque de la faire basculer dans la société « libérale » au mauvais sens du terme, de la laisser envahir par les intérêts privés, les virus publicitaires et plus généralement par l'uniformité, l'amnésie, la bêtise qui sont les fléaux de la démocratie de masse. C'est par une décision collective et argumentée que doit se négocier et se renégocier sans cesse la frontière entre le marchand et le non-marchand. A chaque génération de décider si elle met ou non aux enchères ces territoires symboliques, garants de la cohésion sociale que sont la justice, l'administration, la culture, l'écologie, l'éducation, les services publics, à chacune de déplacer le curseur selon ses appétences, de décider des risques qu'elle est prête à prendre, des interdits qu'elle maintient, des résistances qu'elle oppose aux demandes frivoles des individus ou des lobbies. Il y va ni plus ni moins de la diversité de nos vies.

### Apaisement sémantique

Chaque fois que l'euphémisme envahit une langue et qu'on n'ose plus dire les choses comme elles sont, il faut se méfier : un mauvais coup se prépare. Les années 70 en France combinèrent un langage outrageusement belliqueux avec un adoucissement des mœurs et un enrichissement général grâce aux Trente Glorieuses. Les années 90, à l'inverse, qui furent celles du retour à la précarité, au chômage de masse, multiplièrent à l'infini les expressions indolores.

Nouveaux tranquillisants dans l'ordre linguistique, nouvelle hygiène des mots : il n'y a plus de femmes de ménage mais des agents de surface, plus d'obèses mais des êtres différemment conformés, plus de nains mais des personnes de petite taille « verticalement défiées », plus de morts mais des individus définitivement congédiés, etc. Dans la même veine d'une langue lyophilisée, stérilisée, on pourrait établir une liste de mots-valises rassérénants :

– La flexicurité : technique de management du capital humain qui combine un surcroît de flexibilité avec un surcroît de sécurité.

– Le pauvriche : être momentanément démuni mais potentiellement fortuné.

– Le consotoyen : consommateur citoyen qui ne fait nulle différence entre son caddie et l'isoloir et commet un acte politique chaque fois qu'il achète un détergent ou un pot de crème.

– Le cybertoyen : adepte de la démocratie électronique directe qui donne son avis sur tout au mépris des experts et des médiations habituelles.

– Le glocal : synthèse magique du global et du local. Savez-vous parler le glocal, ce nouvel espéranto très utile dans le monde des affaires et le nouveau militantisme qui permet d'articuler la double langue de l'enracinement et du planétaire, de concilier l'homogène et la diversité ?

– Le capsoc : unification enfin réalisée de deux visions du monde trop longtemps ennemies, capitalisme et socialisme, qui ont fusionné.

## Chapitre VIII

# La dernière utopie

« Comment concilier ce constat “qu’en général ce qui est moral ne paie pas” avec la croyance “que ce qui paie est par définition moral” ? »

Lewis LAPHAM, *La Montagne des vanités.*

« Je suis patriote mais je dois satisfaire l’exigence de rentabilité de mes investisseurs. »

Leon COOPERMAN, PDG d’Omega Advisors Hedge Fund, après les attentats de septembre 2001.

« La clef de la prospérité économique, c’est la création d’une insatisfaction organisée. »

Un ancien patron de General Motors.

Il y a quelques années, la presse anglo-saxonne révélait une anecdote aussi instructive que navrante ; un père et un fils de la moyenne bourgeoisie indonésienne avaient décidé par bravade de ne manger matin et soir qu'au McDo pour hâter de cette façon la mondialisation dans leur pays et le guérir de ses maux – sous-développement, corruption, autoritarisme. La démocratie par le hamburger ! Le raccourci peut paraître saisissant mais si forte est la prégnance de certaines légendes qu'elles incitent des personnes raisonnables à des actes qui le sont moins. Non contents de se gaver midi et soir d'une nourriture dont la qualité reste à démontrer, père et fils croyaient accomplir là un acte fondateur, presque subversif.

## SUR QUELQUES FICTIONS DOUCEREUSES

Il est temps de rectifier un certain nombre de mythologies. L'alliance souvent postulée entre capitalisme et démocratie, la liberté du premier entraînant par une sorte d'automatisme vertueux celle des personnes et des institutions, reste une question indécidable. Le conte de fées de la guerre froide, le pluralisme plus la libre entreprise, fut d'une grande efficacité contre l'ordre soviétique, il est loin d'être probant de nos jours. Non seulement le marché est éthiquement aveugle (John Rawls) et ne sanctionne que l'efficacité, mais ses mécanismes sont politiquement neutres, « offerts à tous en vue de n'importe quel but[1] ». S'il laisse une grande latitude aux consommateurs pour influer sur les prix et les investissements, il n'a aucune prise sur la transparence des gouvernements. Le marché s'accommode de

1. Raymond Aron, *Les Désillusions du progrès*, *op. cit.*, p. 337.

tous les régimes, fleurit sous les dictatures comme sous les Etats de droit : les monarchies pétrolières du Golfe, Singapour et la Malaisie, la Chine Populaire obéissent plus ou moins à ses règles sans être pour autant des modèles de tolérance politique. Et l'on ne saurait oublier que l'Italie mussolinienne comme l'Allemagne hitlérienne furent, contrairement à la Russie de Staline, des nations économiquement performantes qui mirent leurs capacités industrielles au service de leur ivresse guerrière[1].

« Un marchand, disait Adam Smith n'est nécessairement citoyen d'aucun pays en particulier. Il lui est en grande partie indifférent en quel lieu il tient son commerce, et il ne faut pas le plus léger dégoût pour qu'il se décide à emporter son capital d'un pays dans un autre et avec lui toute l'industrie que le capital mettait en activité[2]. » Du point de vue du commerce en effet « le monde n'est qu'une seule nation à l'intérieur de laquelle les nations sont comme des personnes », écrivait en 1691 Sir Dudley

1. « L'Italie et l'Espagne fascistes, l'Allemagne à divers moments des 70 dernières années, le Japon avant chacune des deux guerres mondiales, la Russie avant la première guerre sont toutes des sociétés qu'on ne peut décrire comme politiquement libres. Néanmoins, dans chacune, l'entreprise privée était une forme dominante de l'organisation économique. Il est donc possible d'avoir en même temps des arrangements économiques qui soient fondamentalement capitalistes et des arrangements politiques qui ne soient pas libres », écrivait Milton Friedman dans les années 60. (*Capitalism and Freedom*, Chicago University Press, 1963.) Pour Friedman, le capitalisme ne serait qu'une condition nécessaire de la liberté, non une condition suffisante.
2. Adam Smith, *La Richesse des nations*, *op. cit.*, tome I, livre III, chapitre IV, p. 514.

North[1]. Bousculant frontières et empires, le marché dessine pour tous les peuples les contours d'une nouvelle patrie commune articulée autour des échanges. Puisque seule importe à ses yeux la circulation des marchandises et les flux de l'information, il juge les Etats sous le seul angle de leur compétitivité, non de leur conformité aux principes républicains. Les vieilles patries, bousculées dans leur sommeil séculaire, deviennent autant de sociétés anonymes (France S.A., Allemagne S.A.) plus ou moins performantes. Des instituts établissent la séduction de chaque pays en termes d'« *attractivité fiscale* », d'environnement, de main-d'œuvre bon marché, d'absence de syndicats. Quand le marché arbitre seul, il se moque des élus, des institutions et ne parle qu'un langage : celui du calcul et de la rentabilité. Malheur aux salariés qui protestent ou regimbent : immédiatement, tels ces patrons réunis le 16 mai 2001 à Paris et échaudés par les menaces de boycott de Danone après l'annonce d'un plan de licenciement, les employeurs menacent de quitter le pays récalcitrant à moins qu'il ne « modernise » ses mentalités[2]. A cet

1. Sir Dudley North, *Discourses upon Trade* (Pierre Rosanvallon, *op. cit.*, p. 43).
2. Interrogé à l'occasion de ce colloque, le cabinet de consultants Ernst/Young préconise un certain nombre de réformes : « Elles ne pourraient venir que de l'intérieur. Tant que les patrons ne siégeront pas au Parlement, tant que les élus n'auront pas la force d'imposer une conception moderne de l'économie à une administration et de faire comprendre à l'économie française que pour continuer à exporter le quart de sa production, la France ne peut pas se replier dans son pré carré. » Autrement dit, pliez-vous à notre logique ou nous plions bagage.

égard, l'élection de Berlusconi en Italie avec son transfert dans le champ politique de ses compétences en marketing fait de lui « l'alchimiste de la fusion entreprise-patrie[1] », au moment où l'Etat-nation, déstabilisé, cherche un souffle nouveau dans les stratégies managériales. Partout le « parti de l'entreprise » tend à éroder les vieux appareils fatigués, tentés comme les communistes français au printemps 2001 de faire appel à des agences de communication pour redorer leur blason, chercher un nouveau logo[2]. Partout, réminiscence du saint-simonisme qui entendait placer les ingénieurs à la tête des affaires, de grands capitaines d'industrie, saisis de mégalomanie, clament leur volonté de s'emparer des rênes de l'Etat (tel Ernest-Antoine Seillière, patron des patrons français, dopé par l'exemple de Vincente Fox, ancien PDG de Coca-Cola devenu chef de l'Etat mexicain, qui discrédite les partis de gauche ou de droite coupables d'appartenir au vieux monde et propose d'y substituer les entrepreneurs au cri de « Laissez-nous faire »).

Le retour sur investissement tend donc à devenir la seule aune d'évaluation des continents et des cultures. Avec à l'horizon l'extinction tendancielle de la nation, seul cadre où s'exerçait jusqu'à présent l'action démocratique, au profit parfois de son modèle réduit, la région, souvent porteuse comme on le voit

---

1. Selon l'excellente expression de Pierre Musso, « Le laboratoire italien », *Le Monde*, 24.5.01.

2. L'agence Sachs Kleinberg a précisé à ce propos : « Aucune image, si pertinente soit-elle, ne réglera en soi les problèmes de brouillage et l'absence d'un réel projet communiste. »

en Corse ou au Pays basque des mêmes intolérances, mais plus perméable aux grands groupes. A la place des logiques civiques, nationales, qui ont presque toujours un fondement anthropologique (Emmanuel Todd), une opinion « mondialisée » soudée par un même lien vis-à-vis du marché et de ses sanctions. Nous vivons dans l'illusion de l'effacement prochain des frontières, mirage entretenu par des grandes puissances qui n'ont aucun doute sur les leurs et sur le mythe du capitaliste de génie comme substitut parfait au leader politique. Les entreprises, explique Jean-Marie Messier, sont mieux placées que ministres et députés pour savoir ce qui importe, car le capitalisme « a en lui-même, je dirais presque génétiquement (sic), une capacité à tenir compte de l'intérêt de l'ensemble de la société. Généralement, au nom du suffrage universel, cette vertu n'est reconnue qu'au pouvoir politique[1] ». On fustige à juste titre l'ingérence de l'administration dans l'industrie ; au nom de quoi les dirigeants des grandes firmes s'arrogent-ils un droit d'ingérence dans la vie de la cité et l'arène politique comme s'ils étaient de par leur fonction plus légitimes que les représentants légalement élus ?

Rien non plus ne permet d'étayer l'optimisme commercial qui voit dans l'échange le moyen de rapprocher les hommes et d'éteindre leurs querelles. Séduisante, la notion hayekienne de « catalaxie », c'est-à-dire, pour décrypter ce néologisme, la conversion de l'ennemi en ami grâce au marché, semble d'une pertinence réduite. Ou plutôt, elle n'est rien d'autre qu'une utopie, l'espoir d'avoir

1. *J6m. com*, *op. cit.*, p. 236.

enfin trouvé le remède aux folies humaines[1]. Même si la haute finance après 1815 sut maintenir en Europe un siècle de paix relative, elle ne put empêcher ensuite l'embrasement des passions nationalistes ni la boucherie de 1914 (Georges Bataille voyait dans les deux guerres mondiales une gigantesque dilapidation de richesses, un potlatch à l'échelle du globe après un siècle d'accumulation). Le doux commerce cher à Montesquieu échoua en définitive à son tour à contenir les fureurs belliqueuses. Que l'on sache, les luttes armées n'ont pas diminué depuis 1989 jusqu'aux franges de l'Europe florissante où elles sont réapparues il y a dix ans. Selon le juste mot de Samuel Huttington, jamais le profit n'a freiné le conflit, ni l'intégration économique diminué le risque d'affrontement[2]. Voyez la secte japonaise Aum, la dernière génération des kamikazes islamistes, tous enfants de la bourgeoisie huppée : l'envie de tuer, le nihilisme, la démence frappent les riches autant que les dépourvus. En

---

1. Christian Jambet donne une analyse pertinente de cette utopie dans *La Revue des Deux Mondes*, avril 2000. Sur les ressemblances de Hayek avec le messianisme marxien, voir aussi Jean-Pierre Dupuy, *Le Sacrifice et l'Envie*, *op. cit.*, pp. 261-262.
2. Bel exemple de mélange des genres : au lendemain du 11 septembre, le pouvoir fédéral américain confie à Charlotte Beers, connue sous le nom de « la Reine de Madison Avenue », le poste de sous-secrétaire d'Etat à la diplomatie publique, afin qu'elle aide à redresser la mauvaise image de l'Amérique à l'étranger. A titre de compétences, cette dame est surtout célèbre pour ses campagnes publicitaires en faveur du riz Uncle Ben's et du shampooing Longueurs et Pointes. Ce qui est bon pour les lotions capillaires sera forcément bon pour les Etats-Unis !

d'autres termes, si la paix favorise le commerce, le commerce n'a jamais garanti la paix.

On peut bien promouvoir, selon un gadget à la mode, l'échange équitable, le « café éthique », les produits *made in dignity*, cela n'empêche pas les grandes négociations internationales de rester des foires d'empoigne, des batailles de chiffonniers où petites et grandes contrées s'étrillent pour quelques pourcentages avec une virulence qui ne donne pas précisément l'image de la concorde. Impossible donc de concevoir le marché comme une instance oppressive ou libératrice. Il est les deux à la fois, il travaille au progrès aussi bien qu'à l'obscurantisme. Il met les peuples en contact, non en accord, les rapproche sans les relier, cimente des ententes provisoires et superficielles, suscite à son tour de nouvelles frustrations. Il ne saurait en aucun cas être la clef de voûte d'un monde pacifié, tout au plus un de ses soubassements. En inversant un slogan célèbre, on pourrait dire que la marchandise n'est pas un monde, ne fait pas monde, n'exprime qu'une fraction très réduite des rapports humains : les transactions en apparence les plus anodines y sont déjà contaminées par les émotions, la frénésie, la fièvre.

### Liberté absolue

« Vous êtes des esclaves qui s'ignorent ! » Ainsi parlent le prêtre, l'avocat, le militant. Le malheur de la servitude pour le premier c'est l'éloignement de Dieu, l'attachement inconsidéré aux biens de ce monde. Pour le second, la découverte d'un préjudice grave infligé à une personne qui pourrait devenir un client. Pour le troisième enfin, la résignation au désordre établi. L'un vise le salut, l'autre la réparation, le dernier l'avènement de la justice, au besoin par l'insurrection. Pour brutale qu'elle soit, la formule n'en est pas moins déconcertante : et si j'étais un captif sans le savoir ? Même dans nos sociétés démocratiques, dotées de contre-pouvoirs, nous sommes en butte à toutes sortes dc petites tyrannies dont la moindre n'est pas le manque financier.

Il n'en reste pas moins que décrire les citoyens d'Occident comme des « porcs » immergés « dans la grande yaourtière des classes moyennes » (Gilles Chatelet), c'est confondre deux choses : les libertés, qui sont plurielles et recouvrent des domaines différents, et la souveraineté, qui suppose la toute-puissance d'un sujet absolu. La liberté sans règles, ce grand rêve adolescent qui traverse aujourd'hui l'Europe, commande de n'en faire qu'à sa tête, de n'obéir qu'aux bizarreries de son humeur, à l'autorité de ses foucades. Extrémisme libertaire qui n'est pas sans rappeler le bon plaisir du grand seigneur féodal. On songe ici à la phrase lumineuse et troublante de Spinoza : « La liberté est l'intelligence de la nécessité ». Ce qui peut vouloir dire ou que la liberté doit s'incliner devant ce qui la dépasse ou qu'elle doit composer avec l'adversité pour mieux la contourner. Connaître ses limites est la meilleure façon de les surmonter. Nul ne peut me prouver que je suis un esclave, je ne puis persuader personne de mon libre arbitre. Pas plus l'indépendance que la servitude totale ne conviennent pour décrire la liberté humaine, laquelle est cette possibilité donnée à chacun de s'extraire d'un code, d'une nature, d'un instinct, d'une origine.

Des énoncés tels « vous êtes des esclaves, des porcs, des veaux » ont surtout pour but de rendre les gens honteux de ce qu'ils sont. Quand un ex-situationniste s'écrie à propos de la France : « Les progrès de la soumission vont à une vitesse effroyable » (René Riesel, *Libération*, 4.2.01), il raisonne, malgré lui peut-être, comme ces instituts de sondage chargés d'explorer le moral des ménages. Y aurait-il une mesure scientifique de la soumission, de la colère, du taux de bonheur brut ? On baigne là dans l'illusion statistique, dans le dédain de ce peuple imperméable aux injonctions de ceux qui veulent le rééduquer. On peut bien expliquer aux Français, aux Allemands, aux Italiens qu'ils sont médiocres, minables, minuscules : on oublie d'abord que l'ordre social « tient » parce qu'une majorité de personnes y trouvent leur avantage ; on prouve aussi que le mépris révolutionnaire pour la plèbe vaut bien celui des grands bourgeois. Que reste-t-il du gauchisme ? Le ricanement et l'amertume. La fureur d'avoir été désavoué par l'Histoire, l'aigreur face à la vie qui continue, face aux hommes et aux femmes qui persistent à rire, à aimer, à pleurer et se moquent de ces vieux jeunes gens qui viennent leur faire la morale.

## LA CONFUSION DES ORDRES

Régies par les seules lois marchandes, les activités politiques se dégradent de façon spectaculaire en achats de voix, orgie de dépenses ; comme l'ont prouvé les dernières élections américaines[1]. Vu du

1. John Mc Cain, qui fut l'un des rivaux de George W. Bush lors de l'investiture des candidats républicains pour l'élection présidentielle de novembre 2000, voyait dans la politique américaine « un système élaboré de trafic d'influence dans lequel les deux partis s'accordent pour rester au pouvoir en vendant le pays à l'enchérisseur le plus généreux ». *New York Times*, 1.7.99.

Palais Brongniart, de Wall Street ou de la City, les scrutins ne sont que des formalités. Et la politique devient un service que l'on sollicite ou repousse selon les besoins. Fini le souci du bien public, l'ivresse de prendre part à quelque chose de plus élevé que soi : commodité et disponibilité priment sur tout[1]. On opposait jadis l'épopée révolutionnaire à la prose parlementaire. A l'ennui démocratique on préfère maintenant le divertissement médiatique : « J'ai peur que le public ne trouve désormais bien ternes les débats sur la sécurité sociale, la fiscalité ou l'éducation. L'information ne peut plus se permettre d'être austère, le public s'est habitué au suspense, aux révélations, à l'inimaginable », s'écrie une chroniqueuse radio américaine après l'affaire Lewinsky. Picorer dans le monde ce qui leur convient et ne rien savoir du reste, c'est ce que font en général les démocraties riches lorsqu'elles se laissent gagner par l'insouciance et restent sourdes aux menaces qui montent.

Quant aux grandes compagnies, elles se soucient comme d'une guigne des droits de l'homme, elles peuvent exploiter sans vergogne femmes et enfants, commercer avec des régimes autoritaires ou totalitaires. (On a vu ainsi la société pétrolière américaine Unocal courtiser les Talibans, favorables au passage des oléoducs venant d'Asie centrale sur leur terri-

1. En pleine période électorale, le *Wall Street Journal* (automne 2001) titrait à propos des souhaits des citoyens américains : « They want a gouvernment that can be clicked on and off » (Ils veulent un gouvernement qu'on peut allumer ou éteindre d'un simple clic).

toire.) Croire comme Milton Friedman que le marché harmonise les intérêts individuels par une sorte de concorde spontanée, si bien que l'indifférence mutuelle et le repli sur soi constituent les meilleurs garants de la paix, ou écrire, comme Pierre Manent, que les commandements du marché exigent une subordination des fonctions, non des personnes, si bien que l'égalité de ces dernières est respectée, c'est vivre dans le ciel des idées pures et se voiler la face. « Certes, ici ou là, un individu peut profiter de sa supériorité fonctionnelle pour exercer un pouvoir arbitraire et d'Ancien Régime, certes ici ou là un patron de droit divin peut encore sévir, mais de tels comportements, toujours déplorables, sont progressivement éliminés par le jeu naturel de la concurrence qui exige un comportement rationnel », ajoute Pierre Manent[1]. De telles assertions pèchent par angélisme et méconnaissent gravement que le monde de l'entreprise est aussi celui du chantage, de la violence, des pressions, des coteries. Raymond Aron soulignait déjà dans les années 60 le caractère illusoire de la démocratie d'entreprise – laquelle est toujours un espace coercitif et arbitraire où l'opacité est la règle (même si la révolution managériale a récemment délégué plus d'initiatives aux employés). « Seuls les imbéciles peuvent croire que les marchés ont une conscience, les imbéciles et les professeurs titulaires de chaires d'économie », a dit George Soros, qui s'y connaît.

Comme Pascal demandait à la raison de « loger son ennemi en elle-même », le régime parlementaire doit pouvoir englober ses contraires : le goût de la

1. Pierre Manent, *Les Libéraux*, *op. cit.*, 1986, pp. 28-29.

compétition, la rapacité financière, l'amour du pouvoir, faire une juste place à ces passions qui peuvent le mettre à mal mais aussi le fortifier quand elles sont bien canalisées. Capitalisme et démocratie sont moins complémentaires que supplémentaires, ils s'épaulent autant qu'ils se contrarient, entretiennent des rapports d'assistance conflictuelle, obéissent à de fausses similitudes. Mais quand l'un et l'autre coïncident, alors c'est le miracle de l'Europe occidentale depuis 1945 : plus d'un demi-siècle de paix et d'enrichissement, prodige dont nos générations gâtées ne se rendent même plus compte. Dans ce mariage de l'eau et du feu, c'est à celle-ci de ramener celui-là au souci de l'intérêt général, c'est à elle de chevaucher le tigre pour le maintenir dans la bonne direction, le contenir au double sens du terme, l'annexer et le limiter. Pour devenir « civilisatrice », l'économie doit être épaulée par des institutions qui garantissent la séparation des ordres et des pouvoirs, protègent les individus des blessures de la concurrence.

En quoi la « démocratie de marché » marque la corruption de la démocratie tout court, parce qu'elle place le siège de la légitimité dans l'entreprise et non plus au parlement et ne promeut qu'un seul type de citoyenneté, le consommateur-actionnaire, qui privilégie ses seuls intérêts, ses seuls appétits au nom du principe : « périsse le monde pourvu que la boutique tourne ». Enfin, elle périme l'idée nationale, rangée au magasin des accessoires poussiéreux au profit de regroupements locaux, régionaux, fondés sur des affinités, des avantages communs. Or appartenir à une nation « cela ne signifie pas adhérer à une compagnie d'assurances. Une telle compagnie peut bien avoir son propre label et son propre jingle, mais le label n'est pas un symbole national et un jingle n'est pas un hymne national. On doit se demander combien cela coûterait de priver les citoyens de la dimension symbolique de leur identification à la nation[1] ». Pourquoi ne peut-on diriger un pays comme une entreprise ? Parce qu'un pays n'a pas pour but de faire du profit, c'est un corps transhistorique bâti autour d'une mémoire collective et qui vise à persévérer dans son être, à perpétuer un certain héritage (même s'il peut viser à devenir par ailleurs une puissance économique). Partout où existe un vide du pouvoir, une carence d'Etat, surgissent le chaos, le terrorisme, qui mettent à terme en danger les contrées voisines et l'ordre mondial.

Pour l'instant, même si nous oscillons entre des gouvernements qui ont perdu une partie de leurs prérogatives et une Europe politique qui n'existe pas encore, c'est toujours à travers les vieux Etats que nous exerçons notre liberté collective et nous sentons citoyens, c'est-à-dire coparticipants au pouvoir. Parce qu'elle transmet passions et valeurs, constitue le cadre idéal dans lequel une collectivité peut avoir prise sur son destin, la nation demeure indispensable, sinon indépassable. On n'est jamais citoyen du monde ou du marché mais toujours d'un Etat qui protège vos droits, prescrit vos devoirs, vous inscrit dans l'ordre d'une dette qui vous relie à tous les hommes passés et à venir. La nation est donc cet ensemble sin-

1. Avishai Margalit, *La Société décente*, Climats, Montpellier, 1999, pp. 154-155.

gulier à travers lequel j'accède à l'universel, un contrat et une contrainte entre individus dans le cadre d'un esprit général hérité d'une tradition de vie en commun. La diluer brutalement dans un environnement plus vaste, la sacrifier sur l'autel des intérêts économiques, ce n'est pas nous offrir le mondial, c'est encourager toutes les régressions locales, régionales, tribales : d'où cette dialectique du satellite et du clocher qui règle nos échanges avec l'extérieur puisqu'à la griserie d'accéder à la dimension planétaire se mêle la crainte de disparaître dans l'indistinct.

## LA GLOUTONNERIE DU BIEN

Les grandes firmes se sont découvert récemment une vocation de missionnaires. A ceux qui croyaient naïvement qu'une usine produit des voitures ou des boissons gazeuses, il est répondu que ces objets contingents peuvent devenir aussi le siège d'une aventure spirituelle autrement exigeante. Ainsi est née une grande ambition, l'éthique industrielle : les géants de la chimie, de l'agroalimentaire, du textile, nouveaux Moïse collectifs, édictent désormais leur propre Décalogue, aspirent à prendre en charge ces principes jadis dévolus aux religions et aux philosophies. Il est deux manières d'envisager cet impératif moral : on peut le dénoncer comme la nouvelle stratégie de conglomérats sans foi ni loi endossant l'habit du prédicateur pour masquer leurs pratiques illicites ou scandaleuses ; y voir une manière de mettre la vertu et l'écologie au service de la compétitivité afin de remobiliser le personnel et d'impressionner les clients (Gilles Lipovetsky)[1]. On peut à l'inverse, dans ce lifting, discerner un piège que le monde des affaires se tend à lui-même ; quel que soit le caractère arbitraire des chartes qu'il rédige, au risque de « privatiser la règle de droit » (Mireille Delmas-Marty), il se met ainsi en danger et s'expose au boycott s'il trahit ses propres règles : ainsi de Nike accusé de faire travailler des enfants du tiers-monde dans les *sweatshops*, les ateliers de servitude. Les deux arguments sont légitimes. Ces codes sont à la fois des écrans de fumée, des systèmes juridiques privés promulgués de façon discrétionnaire et en l'absence de tout contrôle, mais aussi un nœud coulant que les firmes se glissent autour du cou : elles se ligotent ainsi, se mettent en demeure d'être désavouées par les instituts de notation qui orientent les « investissements éthiques ». L'instrument de leur souveraineté devient celui de leur vulnérabilité[2].

Ce que le socialement correct révèle surtout, c'est

---

1. *Le Crépuscule du devoir*, Essais, Gallimard, 1992, pp. 252 à 288. Gilles Lipovetsky donne de ce phénomène une analyse d'une grande lucidité, sans illusions ni acrimonie, qui n'a pas pris une ride.

2. En France les agences de notation évaluent les entreprises sur des critères de gestion des ressources humaines, de respect de l'environnement, d'égalité professionnelle. En Amérique, sont récompensés les secteurs qui ne touchent ni le tabac, ni l'armement, ni le sexe et respectent les minorités. Les fonds éthiques représentent seulement 1 % des investissements en France contre 10 % aux Etats-Unis. (Source, *L'Expansion*, numéro spécial, mai 2001.) Outre-Atlantique, c'est l'indice *Good Money* qui mesure l'investissement socialement responsable. Ses cours, paraît-il, ne révèlent pas d'écarts sensibles avec ceux du Dow Jones. La morale paie…

moins l'altruisme inédit des grands patrons que leur gloutonnerie effrénée, non plus en termes financiers mais en termes symboliques. Voilà qu'ils se pensent en nouveaux législateurs, interprètes de la conscience générale, producteurs d'axiomes, émetteurs de normes. Conquérir des marchés ne leur suffit plus : il leur faut s'approprier les territoires immatériels de l'âme, se substituer insensiblement à l'école, aux partis, aux spiritualités, dire le Bon et le Bien.

Quand ils font par exemple de leurs produits les truchements d'une transfiguration, de leurs magasins des temples de la foi ; quand Adidas nous explique qu'il «*rend meilleur*», Danone qu'il «*promeut notre bien-être*», Levi's qu'il encourage la liberté («*La liberté finira bien un jour par aller à tout le monde*»), Nike qu'il travaille à l'accomplissement de soi, Benetton qu'il milite pour l'antiracisme ; quand Apple utilise les grands penseurs (« *Think different* ») ou que Lacoste reprend une phrase de Nietzsche («*Deviens ce que tu es*») ; quand Starbuck's ne nous vend pas du café mais une «*expérience*», un peu de l'arôme de la vieille Europe, quand les marques de lessive brandissent la défense de l'environnement, on sent que l'économie veut s'arroger tous les secteurs qui échappent à sa juridiction, être plus civique que l'Etat, plus écologique que les Verts, plus charitable que la Croix-Rouge, plus honnête que les scouts, plus pieuse que les curés. Mais quand l'épicier revêt la défroque du poète ou du prophète, c'est la poésie et la prophétie qu'il rabaisse au niveau de l'épicerie. Quoi qu'il dise, il sonne faux, comme ces philosophes d'entreprise qui habillent de beaux concepts les stratégies de leur employeur.

Ce fut, dès son invention, le rôle de la réclame que de donner une personnalité aux produits, voire une certaine noblesse. Si une compagnie, en vendant des parfums, des meubles, vend aussi une qualité, une image, on ne lui demande pas pour autant de promulguer des valeurs ni de faire notre salut. Le monde des affaires est bien notre clergé moderne, avec son uniforme, son jargon, ses codes, ses repentis (Jimmy Goldsmith, George Soros) et même ses défroqués, tel Michel Camdessus repartant vers Dieu après avoir adoré Mammon[1]. Mais pas plus qu'ils ne sont des artistes ou des rock-stars – même si certains flirtent avec le showbiz –, les grands dirigeants ne sont des chefs spirituels. Ce sont des hommes d'affaires, parfois géniaux, ça n'est pas si mal. Il est toujours incongru de les entendre parler amour, bonté, charité, de les voir se déguiser en agneaux, faire patte blanche, se racheter une conduite. Leurs boursouflures moralisantes ne les mettent pas seulement à contre-emploi, elles trahissent surtout une volonté hégémonique. Comme si, fatigués de la platitude épique du jeu capitaliste, ils briguaient maintenant une expérience humaine plus vaste, se sentaient habités d'un véritable prurit messianique. Ces champions de probité nous jurent la main sur le cœur que leur but n'est pas de nous vendre sodas ou pantalons mais du bonheur, de l'affection, de la solidarité. Benetton aura poussé cette tendance jusqu'à l'obscénité : afficher des blessés de guerre, des malades du sida, des affamés, tout

1. Personnification des biens matériels dans l'univers judéo-chrétien.

ça pour nous fourguer des pulls et des bonnets et nous faire la leçon en plus !

L'entreprise moderne se veut une cité radieuse, la matrice d'un monde aseptisé ; mais son but est la création de valeur pour l'actionnaire et ses armes, surtout s'il s'agit d'une multinationale : les pressions, la volonté de puissance, l'espionnage voire la corruption et le crime. Rien que de très « normal » tant que les règles du jeu sont confinées à une sphère précise et que cette « immoralité d'exception » est circonscrite. Mais par pitié que les entrepreneurs nous épargnent leur prêchi-prêcha. Faites bien ce pour quoi vous êtes payés ; de grâce ne faites pas le Bien[1]. Faites de l'argent, pas le bonheur des gens. Contentez-vous de gagner des parts de marché, cessez de vous travestir en gourous. Jadis l'usine était volontiers paternaliste : à Clermont-Ferrand, on naissait Michelin, on respirait Michelin, on mourait Michelin (on devait avant 1968 demander au patron l'autorisation de se marier). De nos jours elle se veut plutôt « maternaliste » : elle drague ses clients, les enrôle librement dans ses rangs, les appâte, les enveloppe, les cajole. Or le capitalisme est une machine laïque apte à tout transformer, l'amour, l'air, l'eau, la beauté en profits. C'est son génie et sa limite. N'en faisons pas une Eglise, ne lui demandons pas plus que ce qu'il est : efficace et intéressé. Dès qu'il devient sentimental et sécrète du supplément d'âme,

1. « Je souhaite que l'identité culturelle de Vivendi soit soudée autour d'actions qui permettent aussi de "faire du bien". L'intérêt même de l'entreprise est d'avoir une morale. » Jean-Marie Messier, *op. cit.*, p. 18 et p. 28.

il engendre une légère et persistante nausée. Jadis on était Stones ou Beatles, Spirou ou Tintin, moto ou vélo. Sera-t-on désormais Nike ou Reebok ? Va-t-on mourir pour Pepsi ou Coca, chaque marque aura-t-elle sa tombe du client inconnu ?

Que la cupidité parle le langage du droit de la citoyenneté, de l'humanitaire pour continuer la guerre économique par d'autres moyens est une chose ; qu'elle sorte de sa compétence pour administrer l'humanité entière en est une autre. Ce dévouement ressemble à s'y méprendre à une prédation, proche des empiètements de l'Etat totalitaire sur la société civile, à une prise de pouvoir sous les auspices mielleux de l'amour et de la conscience. Car le marché ne s'humanise, ne vagabonde dans les doux pâturages du sens que pour investir de nouvelles régions de l'être, notre psychisme, notre intimité. Plus il se bride en apparence, plus il s'étend par toutes sortes de maximes édifiantes. En attendant peut-être la privatisation des musées et l'arraisonnement, par quelques grandes marques, du patrimoine universel : Vinci, Rubens, Goya, Van Gogh mis au service de Microsoft ou LVMH…

## ENFANTS GÂTÉS, ENFANTS DÉGOÛTÉS

Le danger existe donc que la démocratie ne soit indexée sur le PNB, ne se réduise à un département du management ou aux campagnes des consommateurs qui voteraient avec leurs achats, leurs préférences ou leurs réticences. C'est toute l'ambiguïté du combat contre les marques qui se déroule en

Amérique du Nord : authentique mouvement politique ou activisme commercial d'enfants gâtés[1] ? Il ne s'agit pas dans ce type de militantisme de détruire les séductions publicitaires ou de les ignorer ; il s'agit d'une protestation d'acheteurs déçus, de la gueule de bois d'anciens accros qui jurent qu'on ne les y reprendra plus. Les intoxiqués de la télé et de la grande surface demandent grâce un instant avant de repartir au front, de replonger dans le chaudron. Or un usager, même avisé, n'est pas tout à fait un citoyen : déjouer les pièges d'un contrat, vérifier la qualité ou la conformité d'un produit est une excellente chose, mais c'est encore rester ancré dans son rôle de client. Tout le savoir-faire, l'habileté de jeunes gens entraînés dès l'enfance à manipuler des symboles, à fredonner ou détourner des publicités, à ne pas se laisser duper par des marques qui par ailleurs les fascinent ne remplacera jamais une éducation politique, c'est-à-dire *l'apprentissage de la complexité et du tragique de l'action humaine.* « Ce n'est pas à notre bonheur seul, c'est au perfectionnement que notre destin nous appelle ; et la liberté politique est le plus puissant et le plus énergique moyen de perfectionnement que le ciel nous ait donné » (Benjamin Constant)[2]. La politique, comme la culture, fournit aux hommes des ambitions plus vastes que le simple goût des richesses.

---

1. Sur les limites et les ambivalences de ce type de luttes par une militante qui les a partagées, voir le livre de référence de Naomi Klein, *No Logo*, *op. cit.*, surtout le dernier chapitre.
2. Benjamin Constant, *De la liberté chez les Modernes*, 1814, Hachette Pluriel, p. 513.

Il est vrai que les activistes américains transfèrent leur méfiance de l'Etat sur les grandes compagnies, coupables à leurs yeux d'un double péché : détenir trop de pouvoir, et être en situation de monopole, ce qui heurte leur esprit individualiste. On pourrait même soutenir que c'est leur refus du « *big government* » qui leur dicte cette suspicion à l'égard des multinationales. En contrepartie, ils s'obnubilent puérilement sur des logos et l'on sent chez eux une double postulation : vérifier d'un côté que l'on peut jouir de la marchandise en toute bonne foi, sans esclavage enfantin, crime écologique, mais aussi que le produit tient sa promesse, nous garantit ce dynamisme, cette pétulance affichée dans les slogans. Les marques nous conféreraient donc une identité mobile, fluide, modifiable à volonté : si je suis ce que j'achète, ce que je suis varie avec mes achats, telles ces « *fashion victims* » qui changent de peau chaque mois, chaque saison. « N'être comme personne », nous promet tel fabricant de lunettes ; cela revient vite à être comme tout le monde, si nous sommes des milliers à posséder la même chose. Singularité d'emprunt : « Quelle femme choisirez-vous d'être dans les prochaines vingt-quatre heures ? » dit une publicité des montres suisses Patek Philippe. Qui peut croire sérieusement à cette identité industriellement produite ? Les soldats perdus de l'opulence sont amers de constater qu'en achetant une paire de chaussures ou en buvant un Coca, leur vie n'a pas changé, qu'ils sont restés désespérément eux-mêmes : on les a donc trompés, la renaissance tant attendue n'a pas eu lieu ! De peur de passer pour des gogos, ils font la leçon à ces firmes dont ils attendaient régénération et ressourcement. Ils boudent, se détournent provisoirement d'un univers auquel par ailleurs ils sont reliés de toutes leurs fibres puisque certains vont jusqu'à pratiquer le *human branding*, se font tatouer Nike sur les bras, Levi's sur les fesses, incorporent à leur peau une appartenance commerciale.

Par exemple, le bimestriel canadien *Adbusters* combat la surconsommation, organise des journées « Buy nothing today » (N'achetez rien aujourd'hui), des « TV turnoff weeks » (des semaines sans télé). Beau symptôme de disgrâce, détresse de cet Occident nord-américain si profondément immergé dans la marchandise et le divertissement qu'il n'a rien à leur opposer sinon des parenthèses de diète, comme ces boulimiques qui se privent d'une pâtisserie pour mieux se goinfrer ensuite. La sagesse en l'occurrence serait d'enseigner à tous dès l'enfance une discipline de la télévision, c'est-à-dire à la regarder avec mesure. La sagesse serait de diversifier les centres d'intérêt des tout-petits, de les éveiller à la beauté du monde, aux sortilèges de la lecture, de la peinture, de la musique, aux ensorcellements de la fiction, afin de ne pas réduire l'existence des générations à venir aux pauvres délices du lotissement commercial, des jeux vidéo, des séries et des sit-coms.

Bref, sauf cas exceptionnels, où consommer devient un devoir civique et patriotique, ce type de militantisme nous obsède sur les objets au lieu de nous en affranchir. Il opère une révolution peut-être mais à l'intérieur du monde de la marchandise. Le contre-pouvoir des acheteurs signifie qu'on maîtrise mieux les règles du jeu, non qu'on cesse de jouer. Il y a citoyenneté à l'inverse dès que l'individu accepte de suspendre son point de vue pour prendre en considération le bien commun, agrandir son esprit, entrer dans l'espace public où les hommes se parlent, s'affrontent et agissent les uns avec les autres, selon des règles précises.

Tout se passe comme si le consommateur était devenu le dernier mot de l'aventure humaine et faisait du salarié, du cadre, de l'ouvrier, ses otages, surtout quand il peut piloter lui-même la production grâce aux réseaux de « rétromarketing » et passer commande pour des produits ou des services *juste à temps*. Homo Consumans stade ultime d'Homo Sapiens ? Mêmc chez maints critiques actuels du capitalisme, Jeremy Rifkin, Robert Reich, on sent cette inclination à réduire la richesse humaine au seul geste de l'achat. Ils célèbrent dans le *shopping* le modèle de la liberté par excellence, l'ontologie de la grandeur, et tentent de nous communiquer leur vertige face à l'immensité des options offertes. Mais un client se contente de combiner, de croiser des possibilités déjà formulées par d'autres. Celui qui forge son existence prend des décisions qui l'engagent et dont il ne prévoit pas les conséquences. Dans un cas le choix est dicté, simulacre de liberté prémâchée, prédigérée, dans l'autre il est construit. Tout est donné d'avance dans le consumérisme, c'est son charme ; dans l'existence, rien n'est écrit. D'où la tentation de faire du premier un mode de vie, une prise en charge totale puisqu'il est un destin à visage souriant qui me soulage de ma responsabilité. Plus besoin de se former en se transformant, il suffit de comparer, de goûter, de cueillir, et de gommer ainsi les autres dimensions humaines. D'un côté, au risque de me tromper gravement, je pose des alternatives déchirantes ; de l'autre, je puise dans une intarissable Cocagne, je m'enivre de tout essayer, de pianoter sur un clavier sans limites.

Et pourtant, rien de plus sinistre qu'une galerie commerciale quand elle devient le seul horizon, la seule ambiance de millions de gens. Tristesse de ces petites villes si nombreuses en Amérique du Nord et en Europe qui se partagent entre l'habitat privé et les grandes surfaces, où l'espace public n'est que la rue, la route qui mène des uns aux autres. L'utopie du Supermarché homogène et universel recouvrant la terre du pôle Nord à la Patagonie est un rêve de dépressif. Au no man's land des magasins à vaste superficie pauvre en relations humaines s'oppose la riche sociabilité des marchés, cette joyeuse mêlée d'échoppes, de vendeurs ambulants, de cris, d'odeurs, de saveurs qui rendent au mot commerce son sens le plus large. En tant que philosophie globale, le consumérisme nourrit l'illusion que l'objet peut satisfaire nos attentes alors qu'il ne cesse de les décevoir. Rien ne les comble : ce qui pourrait les combler n'est pas de l'ordre de l'achat mais de l'action, du projet, de la construction de soi. Il faut distinguer deux modes du désir : l'un, qui tente de tuer le manque par saturation ; l'autre, qui l'utilise comme un élément structurant, positif et ne redoute rien tant que la satiété. Le consommateur type développe un niveau immunitaire très faible. La moindre frustration lui est un camouflet. Ce rassasié a toujours faim et plus il obtient, plus il réclame ; il souffre de carences par suffocation. Son malheur n'est pas le gavage mais le sevrage impossible qui fait de lui un sujet gorgé et plaintif, réclamant toujours plus alors qu'il a déjà la bouche pleine. Sa vie psychique s'atrophie, se réduit au bref spasme de l'assouvissement suivi d'une autre envie. L'échappatoire commode de l'achat est devenue sa prison. Se définissant par ce qu'il porte, boit, mange, écoute, il végète dans un univers adolescent, incapable de hiérarchiser ses convoitises.

Il n'est pas dans notre intérêt de réduire la pluralité humaine au seul habit du consommateur, fût-il révolté contre les marques. A lire un certain type de littérature commerciale, économique, sociologique, on est effaré par l'indigence des pistes offertes, la monotonie des activités recensées. Cela n'aurait guère de conséquence si l'on ne voulait ainsi nous asservir à une fade utopie, réglementer la vie publique, nous changer en hamsters tournant sur leurs roues. Paradoxe du multiple : plus nous disposons de centaines de chaînes de télévision et de radio, de produits et d'objets, plus ils tendent à se ressembler. Sous le bariolage de surface sévit une affligeante compétition dans la similitude. Dans l'univers de l'abondance l'ennui naquit un jour de la diversité. La consommation ne nous éduque à rien d'autre qu'à elle-même, ne nous « civilise » pas, fait de nous des usagers, c'est-à-dire des êtres exclusivement ancrés dans les facilités marchandes et qui ne savent parler que d'argent. Ce type de volupté nous délasse et nous distrait mais sa valeur pédagogique est nulle.

Nous sommes donc bien les habitants de la cité autant que du supermarché et notre attachement au parlementarisme est d'abord un attachement immodéré aux délices de la profusion. Ce serait folie de les confondre et d'assujettir la démocratie aux procédures du management. Il y a longtemps que le consumérisme proprement dit s'est évadé de la galerie commerciale pour devenir une logique gloutonne qui se veut la solution à tous les problèmes. Il ne se dit plus seulement en termes de plaisir mais emprunte, pour avancer ses pions, le langage de la santé, de l'humanitaire, de l'écologie. La publicité se saisit de la politique et lui impose clips et slogans, la télévision prétend réparer nos amours blessées, rendre la justice, suppléer la police et surtout l'école en nous suggérant que tout ce qui était difficile hier deviendra grâce à elle accessible en un clin d'œil et périmera l'effort, le travail, l'étude. Cette logique manifeste un talent sans pareil pour investir les secteurs en crise (culture, éducation, représentation politique), les étreindre et finalement les travestir, les vider de leur substance. Apogée du discours caméléon qui peut adopter toutes les rhétoriques, rejouer en farce les grandes passions morales, politiques, religieuses car elle ne croit en aucune et avale n'importe quoi, même sa contestation, pour mieux se propager. Il importe donc de ne pas mélanger les ordres : l'ambition démiurgique de reconstruire le monde à partir de ses fondements économiques n'a pas plus d'avenir que celle, hier, de façonner un homme nouveau par les seuls oukases d'un parti. Productivité, rendement, utilité, notions cardinales dans leurs domaines, ne sauraient sans grave mutilation être érigés en étalons du comportement humain. Oui au capitalisme, mais cantonné à sa place. Laissons ouvert le système des valeurs afin qu'aucune ne triomphe sur la défaite des autres.

TROISIÈME PARTIE

# La riposte et le détachement

## Chapitre IX

# Désacraliser le capitalisme

« La plus laborieuse des époques, la nôtre, ne sait que faire de son labeur, de son argent, si ce n'est toujours plus d'argent, plus de labeur. »

NIETZSCHE.

« Il faudra bientôt construire des cloîtres rigoureusement isolés où ni les feuilles ni les ondes n'entreront… On y méprisera la vitesse, le nombre, les effets de masse, de surprise, de contraste, de nouveauté et de crédulité. C'est là qu'à certains jours on ira, à travers les grilles, considérer quelques spécimens d'hommes libres. »

Paul VALÉRY.

Un doute s'empare des esprits quant aux avantages de la croissance et de l'innovation technologique sans frein. Le scepticisme ronge nos idoles, préparant peut-être une véritable modification des mentalités. En pleine campagne présidentielle de l'année 2000 aux Etats-Unis, deux professeurs de sciences politiques se demandent pourquoi les Américains ne sont pas heureux, en dépit d'une prospérité sans précédent. Les signes tangibles de l'amélioration matérielle se paient de plus de travail et de stress et vont de pair avec un déclin des activités politiques, sociales, familiales ; bref, ils induisent une fragilité croissante des liens intimes et communautaires[1]. L'opulence, grande dévoratrice de temps et d'énergie, voue les hommes à une existence médiocre partagée entre labeur et récupération. Comment expliquer que deux siècles et demi après son invention, le capitalisme continue à faire l'objet d'un culte, que ce domestique docile soit devenu un maître intransigeant qui nous plie tous sous sa férule ? Comment expliquer que les nations les plus riches du monde, qui devraient depuis longtemps s'être émancipées de la tutelle marchande, tremblent dès que le Nasdaq ou l'indice Nikkei vacillent, continuent à être obsédées par le niveau de vie, l'inflation ? Comment expliquer que deux pays au PNB si différents, les Etats-Unis et le Costa Rica, aient une espérance de vie identique ?

Une fois la prospérité installée, elle devient à elle-même son propre idéal : il faut la maintenir, l'étendre, nous devenons ses humbles serviteurs. En ce début du XXIe siècle, en Occident, nous ne sommes pas plus que les sociétés d'autrefois affranchis du besoin, nous continuons à être hantés par la rareté et la pénurie au sein de la profusion, moins les illusions religieuses ou politiques de nos

1. Robert D. Putnam, Thad Williamson, « Pourquoi les Américains ne sont pas heureux », *Le Monde*, 2.11.2000.

ancêtres. L'argent comme l'économie constituent sans doute ces objets singuliers qui ne sont ni des

### Happy end

Jouez hautbois, résonnez musettes : le vieux monde est enfin mis à la casse, la solution miracle est arrivée. Ainsi s'est présenté il y a une dizaine d'années l'actionnariat salarié qui devait transcender « le clivage historique entre les propriétaires des entreprises et la classe ouvrière » (Alain Minc), casser la vision pyramidale du travail, associer les travailleurs à leur outil de production. Merveilleuse nouvelle : que vous soyez puissant ou misérable, vous deviendrez tous capitalistes ! Sans préjuger de l'avenir, notons que la démocratie des actionnaires ressemble furieusement au vieux dispositif chrétien de la consolation des souffrances : on vous promettait jadis le paradis dans l'au-delà en échange d'une résignation à votre sort ici-bas, on vous fait miroiter le grelot mirobolant des stock-options en échange d'une retenue salariale tout de suite. Manière de produire de l'adhésion, de l'enthousiasme, de la fusion mais aussi de museler toute revendication, de lier le sort du personnel à celui de la firme. Pourquoi pas ? Mais c'est un magot virtuel qui vous est proposé là, non une rémunération sonnante et trébuchante. Ce droit sur une richesse à venir reste contingent, soumis aux hoquets boursiers.

Quand le capitalisme devient populaire, c'est au nom du peuple que le peuple est licencié, sous-payé. C'est le postier californien, la veuve écossaise qui exigent des taux de rentabilité élevés et décident du sort de l'ouvrier lorrain, catalan, turinois. Création inédite du « salarié schizophrène» (Erik Izraelewicz) qui s'exploite lui-même, est devenu son meilleur ennemi. Nœud gordien où le peuple devient son propre despote et ne peut s'en prendre qu'à soi de ses malheurs. Pour l'instant, en France du moins, ce type de démocratie s'apparente surtout au suffrage censitaire : ce sont les pontes et les cadres de la direction qui raflent la mise alors que les employés, loin de « s'approprier » leur entreprise, ne ramassent que les miettes. (A la fin des années 90, seuls 700 000 salariés étaient possesseurs d'actions en France.) Remarquons à quel point le capitalisme reste hanté par son contraire : de Peter Drucker évoquant un « socialisme des fonds de pension » à Philippe Manière qui voit le marché réaliser le rêve de « Marx à la corbeille » et orchestrer le retour du citoyen ! Comme si l'épargne collective, l'intéressement allaient accomplir en douceur ce que le communisme n'avait pu achever. A qui fera-t-on gober ce bolchevisme de synthèse ?

Abolition du salariat, des divisions, partage des risques, mobilité des hommes et des carrières : quand certaines utopies des théoriciens du mouvement ouvrier s'accomplissent, elles ressemblent étrangement à des cauchemars. Que les travailleurs multiplient les sources de revenus, bénéficient de primes, de bonus, puisent à la fois dans leur labeur et la gestion de leur portefeuille est une excellente chose. Mais tous ces « outils de stimulation » ne mettent pas fin aux disparités. Le conflit entre capital et travail reste indépassable : mieux vaut l'accepter par des partages toujours mouvants que programmer son dépérissement illusoire. L'actionnariat salarié peut donc être un complément à la fiche de paye ou le substitut aléatoire d'un appointement trop maigre, un montage financier nouveau ou une nouvelle panacée. Différence fondamentale à vrai dire : elle sépare un capitalisme lyrique pressé d'en finir avec les antagonismes d'un capitalisme froid, trop lucide pour se raconter des histoires et n'élaborant que des compromis provisoires, toujours révocables.

fins ni des moyens mais participent des deux et en reçoivent une coloration particulière. Ils mènent à tout et tout mène à eux. Mais nous voilà ravalés à notre tour au rang de supports d'une puissance anonyme. C'est bien ce totem qu'il faut remettre en question au lieu de vouer le marché aux gémonies. Ne pas se contenter de le maudire – on ne fait alors que changer de maladie – mais sortir du cycle infernal où communient les frères ennemis de l'engouement et de l'aversion.

## LAÏCISER L'ÉCONOMIE

Un certain nombre de défis passionnants attendent la pensée politique et économique : mettre en place un revenu minimum universel, redéfinir la notion de retraite qui pourrait être reculée ou répartie tout au long de l'existence ; instaurer un directoire financier mondial afin de lutter contre le blanchiment de l'argent sale, abolir les paradis fiscaux et les places off-shore ; lever les barrières douanières qui pénalisent les exportations du Sud vers le Nord, annuler la dette des pays pauvres (à condition que cet effacement soit consacré à l'éducation et au développement), ce qui serait pour l'Europe une manière de marquer sa responsabilité dans la traite et le colonialisme en Afrique, etc. Quelles que soient les réponses apportées – constitution d'un Etat européen équilibrant l'hégémonie américaine, établissement de grands ensembles confédéraux sur les quatre continents (Edgar Morin), instauration d'un plan Marshall pour le tiers-monde (Jeffrey Sachs), réforme du FMI, de l'OMC, de la Banque Mondiale afin de parfaire la régulation, réinvention d'un Etat-providence adapté aux conditions présentes du salariat – toutes visent, entre autres choses, à reformuler à l'échelle de la planète un nouveau contrat social, à diffuser autant qu'à encadrer un capitalisme énergumène aussi performant qu'insensible à l'équité.

D'autant que celui-ci ne se résume pas tout entier à l'expérience que nous en faisons : il lui reste à accomplir tous les possibles dont il est porteur, l'émergence d'une société du temps libre, le travail enfin lié à l'épanouissement, la gratuité de certains biens fondamentaux. Encore une fois, il est d'autant plus fort qu'il peut se réformer sans se détruire, s'ouvrir à autre chose qu'à lui-même sans dépérir. Inachevé comme la démocratie, il demeure le lieu d'une interrogation sur soi, poursuit le dialogue de ses définitions possibles. Il s'agit donc de laïciser l'économie, ce qui signifie deux choses : d'une part prôner sa séparation comme fut promulguée la séparation de l'Eglise et de l'Etat en France au début du XX^e^ siècle, l'assigner à son périmètre propre, ne plus la laisser en position de monopole, d'arbitre des conflits et des élégances. De l'autre, en finir avec sa confiscation par les experts : plus elle se démocratise, plus elle se désacralise, devient la chose de tous, passe du statut de religion de l'élite à celui de culte populaire. Et la révolte actuelle, au lieu de sataniser le capitalisme, devrait travailler à la fois à son désenchantement et à sa réappropriation par chacun. Nous ne sommes pas sortis de la dictature du politique, fléau du XX^e siècle, pour retomber sous la coupe du mode de production. La bonne économie n'est pas seulement performante, elle est aussi discrète, compagne amicale qui prospère sans vacarme, sans vampiriser l'ensemble du corps social. Quoi qu'il arrive, elle ne peut plus être la part enchantée de la vie mais la part administrative de la cité, rester ce qu'elle n'aurait jamais dû cesser d'être, l'intendance.

Le pouvoir et la richesse, disait Adam Smith, sont des illusions nécessaires, « d'énormes et fatigantes machines » où le souci du bien-vivre se confond avec les moyens d'y accéder, où l'argent ne fait pas le bonheur puisqu'il est déjà le bonheur en lui-même sous forme de liasses, d'or, de magot. Confusion bénéfique car elle change la face du monde, transforme le désir d'enrichissement de chacun en condition de l'aisance pour tous[1]. Excellent raisonnement. Mais nous ne sommes plus à l'époque d'Adam Smith : nos sociétés sont opulentes à en crever et si l'argent est incontestablement libérateur, source d'autonomie et d'anonymat, il nous affranchit de tout sauf de lui-même. Vient un moment où il faut s'émanciper de l'émancipateur, le rappeler à son rang. Tel est le vice de forme : au lieu que l'économie permette à tous de relativiser le souci matériel, elle en devient l'obsession, nous

1. Comme le démontre Daniel Diatkine commentant *La Théorie des sentiments moraux*, d'Adam Smith, dans son introduction à *La Richesse des Nations*, *op. cit.*, pp. 34 à 38.

laisse jour et nuit, pauvres ou riches, le nez sur les chiffres, les courbes du chômage. Au lieu de nous autoriser une certaine insouciance, elle nous met dans l'obligation de ne jamais oublier que nous sommes ses agents, ses créatures. Au lieu de nous soustraire au besoin, elle nous y enfonce. Le mécanisme s'est perverti en son contraire : le moyen est devenu une fin, les fins sont devenues des moyens. L'étau monétaire et marchand s'est infiltré dans tous les interstices de la vie. « Evénement aussi monstrueux, disait Péguy à propos de l'argent, que si l'horloge se mettait à être le temps. »

## ÊTRE CONTRE OU À CÔTÉ ?

Au-delà du carnaval bariolé des activistes, des violences rituelles, des pitreries médiatiques, du folklore des « utopies pirates » (Hakim Bey), et autres « zones d'autonomie temporaire », l'anticapitalisme contemporain est le lieu d'un double enjeu : promouvoir d'un côté un meilleur système de redistribution des ressources grâce à de nouvelles régulations ; de l'autre arracher un maximum de domaines à l'universelle rémunération, détourner la raison économique au profit d'activités psychiques supérieures. Attitudes qui ne sont pas incompatibles et l'on peut vouloir rectifier certains excès du système tout en opérant une sécession mentale vis-à-vis de ses postulats. Ce qui s'amorce, *dans les pays développés du moins*, c'est peut-être une désertion tâtonnante de l'utopie matérialiste, laquelle deux siècles après son essor montre ses limites et finit par se retourner contre ses principaux bénéficiaires. Il est possible que l'Occident, qui précipita le monde dans l'aventure industrielle, soit seul à même d'en sortir par le haut, que le lieu de la chute, pour reprendre les termes du philosophe iranien Daryus Shayegan, soit aussi celui du tournant, de la transfiguration.

Encore une fois, méfions-nous du couple étroitement enlacé du capitaliste et de son contestataire : la rage les laisse rivés l'un à l'autre et le second est à la fois la mauvaise conscience, l'œil et l'oreille du premier qu'il conforte en l'éreintant. Ce que redoute plus que tout le premier, ce n'est pas l'instauration de modèles alternatifs, utiles et facilement récupérables, c'est la désaffection, cette lassitude ponctuelle qui monte de nos sociétés (et touche jusqu'aux décideurs, investisseurs, banquiers) face à la surproduction insensée, la camelote entassée dans les vitrines, le mercantilisme nauséeux, l'ébriété publicitaire ; c'est le salutaire « à quoi bon ? » de ceux qui ne comprennent plus le sens de ces pseudo-richesses. « L'indifférence est un refus de valorisation éventuellement très positif » (Georg Simmel). Ce qui meurt chez nous peut-être, c'est la ferveur vis-à-vis du dieu marché dont l'omniprésence pourrait bien coïncider avec la trivialisation ; ce qui s'installe tout doucement, c'est moins un idéal de révolution que de détournement. Etre « anticapitaliste », c'est d'abord cesser d'être obsédé par le capitalisme, c'est penser à autre chose. *Plutôt que d'être contre, pourquoi ne pas être à côté, se dérober ?* L'on déserte en déplaçant les signes du luxe, du moins à titre individuel : le temps libre plutôt que les gros salaires, la méditation plutôt que la frénésie, la vie de l'esprit plutôt que la fièvre commerciale, les petites sociétés à la place du grand monde, la réclusion avec des amis de choix plutôt que la solitude dans la foule. Bref, le retrait savamment dosé, une contradiction lucidement acceptée : des niches de beauté, de silence, de culture, une subtile schizophrénie qui permet d'être dedans et dehors, de se déprendre sans s'éloigner, un exil intérieur. Petits pas minuscules qui feront rire les sérieux, les importants, mais n'ont d'autre ambition que d'inverser les priorités. Adopter des stratégies de fuite, à la condition que cette escapade naisse au terme d'un accouplement étroit avec le système, comme une surenchère l'obligeant à s'emballer, à bégayer. Ne plus être les héros d'une cause mais les apostats du travail, les transfuges de l'échange. Valoriser tout ce qui n'appartient pas strictement à l'ordre des utilités, les biens non comptables : la poésie, l'amour, l'érotisme, la contemplation de la nature, la solidarité, tout ce qui dépasse l'homme, le porte plus haut que soi, l'arrache à sa petitesse, à sa médiocrité pécuniaire, à sa compulsion maniaque d'accumuler.

On entretient donc avec le capitalisme un rapport qui n'est ni d'amour ni de haine mais de pur cynisme. On prend de cet outil ce qui nous convient, on rejette ce qui nous handicape. On se sert de lui comme il se sert des hommes, sans gratitude ni malédiction, en gardant en mémoire qu'il est simultanément un facteur d'opulence sans précédent et de discorde irrémédiable. On soutient l'idéologie du profit pourvu qu'elle tourne à notre profit, on la plie à nos désirs, on l'utilise sans états d'âme, sans cette acrimonie particulière qui caractérise l'ancien militant gauchiste ou communiste. On la relativise parce qu'on n'y croit plus et qu'on abandonne ce dieu fatigué au nom duquel les hommes s'égorgent depuis des siècles. On admet le capitalisme en dépit de ses imperfections et parce qu'il est imparfait, ce qui le rend amendable. Entre l'adulation et l'anathème, on choisit le doute salvateur.

## PERDRE SA VIE À LA GAGNER ?

Il va de soi que le système des besoins est sans limites, que toute grande civilisation multiplie sans frein les appétits des individus, puisqu'à chaque niveau de développement correspond l'apparition de nouvelles fringales. Le nécessaire de notre époque serait le luxe d'une autre et le superflu est toujours historique, relatif. Il ne s'agit donc pas de plaider pour la croissance zéro, l'état stationnaire, mais plus simplement pour la mise en concurrence de divers modèles de richesses, financières, relationnelles, sociales[1]. Aux espèces sonnantes et trébuchantes, on peut opposer d'autres sources de faste esthétique, culturel, spirituel. La libération de la nécessité matérielle n'est qu'une des conditions de la liberté, elle ne l'épuise pas. L'argent doit rester un tremplin, non un carcan, et encore moins une mystique. De ce

1. Ainsi que le plaide avec persuasion Dominique Meda qui demande d'inclure dans le PIB d'autres critères que celui de la production : la cohésion sociale, le degré de violence, la qualité des services publics, la répartition des biens. (Dominique Meda, *Qu'est-ce que la richesse ?, op. cit.*)

qu'il permet de tout évaluer, faut-il en faire un absolu, placer notre existence entière sous sa juridiction ? Lorsque le gain devient le but suprême, amasser tient lieu de vivre. « Si notre travail nous rend plus riches, pourquoi notre vie privée s'appauvrit-elle ? » demande l'ancien ministre de Bill Clinton, Robert Reich, à propos du harcèlement laborieux auquel sont soumises les classes moyennes et supérieures aux Etats-Unis dans la « net-économie ». Si les Américains travaillent en moyenne 350 heures de plus par an que les Européens et les Japonais, c'est qu'exposés à une concurrence féroce, ils doivent payer par un surcroît d'acharnement cette instabilité sur le marché des compétences[1]. Entrer dans le cercle des gagnants et s'y maintenir se fait au risque d'un asservissement accru, d'un renoncement aux meilleures choses. « Perdre sa vie à la gagner » : jamais le vieux slogan des années 60 n'a été aussi vrai. Tout le problème est de savoir quel prix nous sommes prêts à payer pour avoir beaucoup d'argent. Il est des réussites professionnelles et financières qui impliquent des échecs existentiels. L'argent n'est plus un problème mais tout le reste l'est devenu. Pour la plupart d'entre nous, il est moins une certitude de bonheur qu'une garantie contre le malheur : un matelas d'or, de chiffres, de billets qui émousse l'angoisse de la mort et de la maladie. L'entasser, c'est de façon superstitieuse repousser dans le loin-

1. Selon des statistiques citées par l'auteur, seuls 8 % des Américains seraient prêts à travailler moins quitte à sacrifier une partie de leur salaire, contre 38 % d'Allemands, 30 % de Japonais et 30 % de Britanniques (*Futur parfait*, *op. cit.*, p. 12).

tain ces spectres hideux qui nous menacent. Mais en agissant ainsi, nous nous plaçons sous la coupe de ce que nous fuyons : car il n'y aura jamais assez de millions pour nous prémunir du malheur, de la camarde ! Devenu un souci dévorant, l'argent dessèche nos existences, nous métamorphose en laquais d'une froide divinité. Au lieu que nous le tenions en respect, c'est lui désormais qui tient le monde à distance. Comment se détacher de cette fascination des grandeurs purement quantitatives, de cette computation effrénée qui semble parfois absurde alors que nous disposons déjà de tout en excès[1] ? Si nous ne voulons pas, comme le disaient les Anciens, être possédés par ce que nous possédons, il est préférable de se garder des pièges de la convoitise officielle, de ne pas toujours céder aux sirènes collectives. Décision forcément personnelle – à chacun de modérer son train de vie selon son libre arbitre – mais dont les conséquences nous touchent tous. L'appât du lucre est si peu « naturel » qu'aux premiers temps de la révolution industrielle, il fallut forcer des populations entières, réticentes à gagner plus que le strict nécessaire, à entrer à l'usine en abaissant drastiquement leurs salaires[2]. Le sens du profit, loin d'être inné, est une création historique.

---

1. « Voilà précisément ce qui semble à l'homme précapitaliste le comble de l'inconcevable, de l'énigmatique, du sordide et du méprisable. Qu'un être humain puisse choisir pour tâche, pour but unique d'une vie, l'idée de descendre dans la tombe chargé d'or et de richesses ne s'explique pour lui que par l'intervention d'un instinct pervers, l'*auri sacra fames* » (Max Weber, *Ethique protestante et esprit du capitalisme*, *op. cit.*, p. 89).
2. Comme le rappelle Max Weber, *ibid.*, p. 78.

Quand Adam Smith prend acte du désir de l'homme moderne d'améliorer son sort, il ne l'envisage que sous l'angle de l'épargne et de l'augmentation de fortune[1]. Il pèche ici par simplification. La vie meilleure n'est pas toujours une vie matériellement plus aisée, même si les médias nous suggèrent massivement que la seule existence qui vaille se passe entre 18 et 30 ans chez les nantis. Que l'argent soit le moyen le plus commun ne veut pas dire qu'il soit l'unique. S'il faut pour conquérir l'approbation de ses pairs et l'estime de soi avoir « le courage d'être riche » (Suze Orman)[2], alors tous ceux qui ne roulent pas sur l'or devraient se voiler la face ! Amélioration peut signifier aussi perfectionnement de soi, mutation spirituelle, et non simple bond dans l'opulence. Nous ne sommes pas tous affligés du complexe de l'écureuil qui amasse ses noisettes pour l'hiver, nous n'avons pas à nous aligner sur « la meute glapissante et carnivore, folle (...) de concupiscence » des capitalistes pour reprendre l'image délicieusement kitsch de Ruskin. Il y a encore des gens que le pouvoir, surtout le pouvoir monétaire, laisse indifférents. Il y a une vie en dehors de la rumination financière, il y a des éblouissements, des bifurcations mentales qui échappent aux logiques productives. Les valeurs sublimes de nos jours se

1. « Le principe qui nous porte à épargner, c'est le désir d'améliorer notre sort ; désir qui est en général à la vérité calme et sans passion mais qui naît avec nous et ne nous quitte qu'au tombeau » (Adam Smith, tome I, livre II, chapitre 3, *op. cit.*, G.F., p. 4298).
2. Suze Orman, *The Courage to be Rich, Creating a Life of Material and Spiritual Abundance*, New York, Doubleday, 1999.

réfugient plutôt dans la musique, l'art et l'amour au détriment de la marchandise et du veau d'or. La passion de l'argent pour l'argent n'est pas criminelle ou pathologique : elle est juste désolante quand elle n'est pas équilibrée par d'autres jouissances, d'autres passions plus délicates, plus précieuses. Misère de la prospérité quand elle n'est que matérielle, n'est animée d'aucun souffle, d'aucune noblesse, n'est pas réinvestie socialement, partagée au profit du plus grand nombre. Il importe de destituer l'argent du trône où nous l'avons imprudemment assis, pour mieux le rappeler à son rôle de médiateur, de « catin universelle » (Shakeaspeare) qui rapproche les contraires, irrigue continents et cultures.

Il n'est peut-être pas mauvais que subsiste en France une certaine réticence à son égard, héritage du catholicisme et de la République. Cela ne va pas sans beaucoup d'hypocrisie, une tolérance suspecte à la corruption et une raillerie dommageable du succès. Au moins réaffirme-t-on de la sorte les vraies primautés, que la fortune n'est rien si elle n'est mise au service d'une cause ou d'une grande idée. L'Hexagone, comme d'autres pays européens, reste la nation de l'art de vivre contre l'échange marchand, arc-boutée sur des usages, des manières peut-être désuètes aux yeux de l'étranger mais qui incarnent pour nous liberté et raffinement. La France doit demeurer dans le consensus universel l'empêcheuse de ronronner en paix, celle qui pose des questions dérangeantes, ose parfois dire non. C'est son archaïsme, son génie du contretemps, qui en fait un lieu privilégié. Voyez par exemple la considération anachronique – et stupéfiante pour un

Anglo-Saxon – dont jouissent chez nous écrivains et intellectuels, et plus généralement le livre comme objet transcendant, au point qu'il n'est pas un ministre, un savant, un PDG qui ne veuille écrire, publier, déclamer des poèmes. Bénéfice symbolique d'une caste exagérément sollicitée et narcissique mais qui traduit aussi le goût très vif que les Français portent aux idées et à leur langue comme vision du monde qui traverse les siècles.

« C'est folie pour l'homme que de vouloir guérir lui-même sa propre misère », écrivait Pascal. Toute la modernité a fait le pari inverse : qu'il est raisonnable pour les créatures que nous sommes d'embellir notre condition, de transformer ce bas monde de jardin des supplices en jardin des délices. Mais pour s'affranchir du fanatisme, de l'indigence, de l'ignorance par les pouvoirs croisés de la science, de l'industrie et du commerce, l'humanité s'est asservie à son tour aux nouvelles déités de la technique et de l'économie. Tragique dépendance dont nous ne sortirons pas de sitôt. Nous avons échangé une chaîne contre une autre et devons nous accommoder d'un certain écartèlement. Une voix secrète nous murmure qu'aucune de ces deux positions n'est tenable séparément et que nous devrons longtemps continuer à boiter de la sorte. Jamais peut-être nous n'avons eu une telle occasion de réfléchir sur le sens de notre richesse, sur « la fête frivole, joyeuse, de quelques siècles industriels » (Hans Jonas). Nous vivons une époque charnière où le champ des possibles paraît immense : comme si une toile de fond se déchirait et que nous revenions enfin de la dernière chimère qui nous guidait, celle du salut par la profusion matérielle. Au-delà de la volonté légitime d'abattre la pauvreté et de rendre cette planète un peu moins hostile, c'est peut-être une évolution qui s'annonce, une de ces conversions lentes où les civilisations soudain basculent : l'aspiration à « réhabiliter le continent perdu de l'âme » (Daryus Shayegan), à échapper à notre détresse existentielle.

# Chapitre X

## Le malaise civilisateur

« Le labyrinthe est la patrie de celui qui hésite. »

Walter BENJAMIN.

« L'insatisfaction occidentale se refuse au désespoir comme à l'espérance. »

Raymond ARON.

La vraie souffrance des Modernes est celle d'une promesse non tenue et probablement intenable : que le progrès illimité des savoirs et des échanges ira de pair avec le développement moral de l'homme, la reconnaissance réciproque des consciences. La déception est inscrite dans la démesure même du projet : offrir à tous la totalité des bienfaits de l'existence et hisser l'humanité comme telle sur des sommets en comparaison desquels l'histoire antérieure semblera mesquine. Miroitement vertigineux des possibles, désappointement des résultats toujours inférieurs aux attentes. Si être moderne, c'est se montrer incapable de prendre son parti du sort qui nous est fait, alors la démocratie devient le régime de la plainte autorisée : elle alimente un désir qu'elle ne peut assouvir, aiguise les impatiences, rend légitimes les envies les plus folles. On est plus tourmenté par les biens que l'on ne détient pas encore, les droits dont nous devrions bénéficier que par ceux que nous possédons. Ce qui est n'est jamais assez, le trop, est encore trop peu.

Tant de maux ont été vaincus, tant d'injustices abolies : on s'étonne qu'elles ne puissent toutes l'être sur l'heure. Aux calamités classiques s'ajoute celle de ne pouvoir venir à bout du malheur comme tel. Ce que l'on croyait vaincu continue à nous écraser, à nous narguer, alors que de nouvelles épreuves apparaissent : nous ne passons pas de l'ombre à la lumière, nous ne faisons que redistribuer autrement les ténèbres et la clarté. On a réussi à « rendre intolérable l'intervalle entre l'idéal et le réel » (Marx), attitude qui peut pousser à l'action réformatrice ou à la récrimination stérile. La civilisation crée autant de souffrances qu'elle en résout : non seulement ses règles nous pèsent mais en érigeant le bien-être en norme, elle rend plus intolérable encore l'adversité. La modernité déçoit non parce qu'elle aurait échoué mais parce qu'elle a trop bien réussi : ce n'est que cela ! L'Histoire est peut-être finie ; les hommes sont toujours aussi désemparés. A quoi bon cette nouvelle qui hante la philosophie depuis Hegel si elle ne nous aide pas à mieux vivre ?

## PROMÉTHÉE FATIGUÉ

Le progrès fait désormais l'objet d'un culte ambigu : il est moins une espérance qu'un fait établi, le lot d'une société en pilotage automatique qui vomit quoi qu'il arrive son comptant d'innovations dans tous les domaines. Et le progressisme, c'est-à-dire la croyance dans les vertus de l'avenir, tient à la fois d'un combat et d'un constat ; il est un mélange de volontarisme et de suivisme. Qui n'est pas progressiste à cet égard, même à droite, même au sein de ceux qu'on nomme les conservateurs ? Ainsi un Ernest-Antoine Seillière célèbre-t-il la France qui avance, celle des entrepreneurs, contre la France qui freine, celle des syndicats, des fonctionnaires et autres « parasites ». Le mouvement pour le mouvement, le « bougisme » (P.-A. Taguieff), nous emporte et il ressemble de plus en plus, dans sa course sans fin, à une chaotique immobilité. Au lieu de marcher à grands pas sur les allées du futur, nous ployons sous l'inertie d'un changement impitoyable. « Il restera toujours déroutant, disait Kant, que les générations antérieures veuillent consacrer toute leur peine à l'unique profit des générations ultérieures de telle manière que les dernières générations seules auront le bonheur d'habiter l'édifice déjà achevé. » Mais dans l'édifice achevé, l'eau est polluée, l'air irrespirable, la nature saccagée et les derniers-nés maudissent leurs géniteurs de leur avoir légué un tel cadeau empoisonné.

Pour le dire autrement : parce que nous l'avons disciplinée autant que ravagée, nous sommes devenus coresponsables de la nature : son sort se confond avec le nôtre, notre maîtrise sur elle fait de nous ses obligés, dette qui se résout en dépossession sans fin. « Nous n'héritons pas la terre de nos parents, nous l'empruntons à nos enfants » (Proverbe indien). Le problème se complique toutefois du fait que les instruments de notre domination sur la nature sont devenus les instruments de la domination de la technique sur nous : processus que nous ne pouvons plus arrêter, tout au plus freiner ou contrôler. Une puissance inouïe concentrée entre les mains de l'homme va de pair avec une impossibilité à endiguer cette même puissance. Par exemple, nous utilisons chaque jour des machines mille fois plus intelligentes que nous (qui serait capable d'expliquer le fonctionnement d'un téléviseur ou d'une puce de silicium ?). Et un outil comme le Net est une encyclopédie démesurée qui dépasse infiniment nos capacités d'absorption : c'est peut-être un merveilleux moyen de connaissance, c'est aussi un gouffre dans lequel nous pouvons nous perdre, qui défie notre sagacité par sa complication.

« Démocratie : étendre à tous le privilège d'accéder à des choses qui n'existent plus » (Robert Calasso) : redoutable affirmation. Une prérogative que beaucoup partagent s'appelle une pénitence. Si tout le monde voyage en même temps, prend sa voiture, le train ou l'avion, nul ne peut plus circuler. La mobilité générale entraîne la paralysie de tous, la griserie de la vitesse débouche sur la coagulation des flux : embouteillages monstres, millions d'heures gaspillées. Il est un certain nombre de biens (la mer, la montagne, le voyage, la campagne) dont la vertu principale est d'être réservés à un petit nombre. Dispensés en série, ils ne sont pas seulement galvaudés mais détruits (telles ces peintures rupestres sur les murs des grottes qu'on a dû fermer au public pour prévenir leur désintégration). Nous ne vivons pas l'âge de l'accès mais de l'engorgement : les beautés du monde n'existaient que d'être rares et difficilement approchables. Ouvrez-les à tous, vous les profanez. La République entendait offrir au peuple les avantages de l'aristocratie, élever l'homme moyen au niveau des hommes supérieurs d'autrefois. Mais outre que le nivellement démocratique a plus rabaissé le haut qu'il n'a élevé le bas, il fait de ces mêmes avantages, dispensés aux multitudes, une malédiction collective. Terrible défi pour l'esprit : il faut repenser la validité d'un mode de production et d'un mode de vie dont l'extension à la planète entière constituerait une catastrophe climatique et écologique. Imaginons seulement que chaque foyer en Inde ou en Chine dispose de trois véhicules comme aux Etats-Unis ! Les seules richesses inépuisables et qui se multiplient de par leur diffusion, c'est le commerce des idées et du savoir, la passion de la connaissance, les œuvres de l'imagination, les arts de vivre et les arts tout court, richesses pour la plupart hors de prix.

La difficulté, c'est qu'il n'y a pas un progrès mais des progrès, localisés eux-mêmes, paradoxaux puisque producteurs de régression, de dégâts majeurs (comme la vache folle, l'amiante, le sang contaminé). Explosions inopinées, accidents incompréhensibles, cataclysmes en série : l'improbable est désormais la seule certitude que nous ayons. Dans nos sociétés de grande vulnérabilité, tout est toujours possible, surtout le pire. Le risque est partout. Telle est la sagesse désenchantée de ce début de siècle : nous savons que nos avancées se paient de reculs terrifiants, que chaque conquête est aussi un terrain perdu, chaque démonstration de force un aveu de faiblesse. Et que l'humanité va simultanément et d'un même pas vers le meilleur et vers le pire. Concernant le progrès, « *the thrill is gone* », comme le dit un fameux standard du blues : le frémissement est passé, nous avons cessé de tressaillir à la moindre nouveauté. Nous ne voulons plus payer le prix. La sauvegarde de ce qui existe, le respect pour chaque créature ou chaque écosystème nous motive tout autant sinon plus. On aurait tort toutefois de croire morte et enterrée notre foi dans cette notion : *nous sommes des croyants dégrisés qui aspirent à des progrès maîtrisés*. Dégrisement ne veut pas dire désespoir : c'est pourquoi les fameuses « désillusions du progrès » sont purement romantiques et n'ont jamais poussé personne à refuser l'électricité ou à revenir à la carriole à cheval. Quiconque a subi un jour une opération chirurgicale réussie, a été sauvé par un antibiotique, sait ce que le mot progrès veut dire et n'a nul besoin de lourds traités explicatifs.

## PROPHÈTES ET MARTYRS DU CYBERMONDE

En ce domaine, il y a plutôt accélération de l'engouement et de la désaffection : les cycles se raccourcissent mais n'en sont pas moins intenses. Voyez les remous que suscite Internet : d'un côté, la certitude messianique que la toile va sauver le monde, mettre le patrimoine universel à la portée de tous, développer l'éducation des plus démunis, promouvoir solidarité et tolérance, briser les hiérarchies[1] ; de l'autre, l'assurance non moins abrupte qu'avec cet outil, l'humanité creuse sa propre tombe, abolit le temps et l'espace, cultive non pas l'ouverture mais l'enfermement, puisque ses utilisateurs se regroupent par clans, par tribus, autour d'affinités précises. Nouvelle rédemption contre nouveau totalitarisme : le combat entre les anciens et les modernes est porté à son acmé. Puis, de cette crête particulière où se tiennent les deux armées, la passion se convertit doucement en satiété. Alors que les thuriféraires célèbrent la nouvelle Terre promise et que les Cassandre brandissent toujours les foudres du Jugement dernier, d'autres déjà se détachent. La nouveauté prend tout doucement le visage du poncif. Comme on s'est emballé, on déchante, l'objet tant attendu s'est intégré dans la panoplie des choses usuelles. Après l'ivresse et l'effroi, se multiplient les blasés du paradis électronique puisqu'Internet n'est jamais que « la combinaison de l'écriture (ancienne de six millénaires) et des télécommunications vieilles de deux siècles »

1. Pour Jeremy Rifkin, la culture des réseaux devrait susciter chez les jeunes « un état d'esprit moins agressivement compétitif que celui de leurs prédécesseurs nourris d'un ethos marchand et propriétaire » (*op. cit.*, pp. 274 et 276). Jean-Marie Messier voit dans Internet une révolution politique qui bouleverse les rapports de forces et donne aux enfants les plus pauvres la possibilité d'accéder aux savoirs réservés jusque-là à une élite (*op. cit.*, pp. 207-208-209).

(Michel Marciolla)[1]. Que l'on sache, et pour l'instant du moins, l'hypertexte n'a pas détruit le livre, le commerce en ligne le commerce normal[2], pas plus que les communautés d'internautes n'ont mis fin au problème de la solitude (le philosophe des sciences Dominique Lecourt a forgé le beau néologisme de « cybérie » pour désigner ces accros du Web qui viennent se prendre au grand filet afin d'échapper au contact physique avec leurs prochains[3]). Cela n'enlève rien au caractère génial du Net, aux connexions inouïes dont il est porteur. Il a ouvert une brèche dans notre univers clos, celle des mondes virtuels, a réinventé une autre réalité, ressuscité l'utopie d'une Cité planétaire où tous seraient reliés à tous dans une seule agora et disposeraient des mêmes droits. De l'utopie il garde l'ambivalence et oscille entre la volonté d'accoucher le présent de ses possibles et l'ambition quasi

1. Michel Marciolla, opposant technophobes et technophiles, rappelle que toute innovation technique connaît trois temps : le temps des fantasmes et des psychoses, le temps des expérimentations, le temps de la banalisation. (*Peut-on encore croire au progrès ?* Dominique Bourg, Jean-Michel Besnier, PUF, 2000, p. 246.)

2. Selon une étude américaine, Internet aurait peu changé nos vies : son principal impact se situe dans l'univers relationnel et associatif qu'il amplifie. L'usage des réseaux est plus un complément qu'un remplacement des pratiques du monde réel, il circulerait en moyenne 10 milliards d'e-mails par jour. Quant au commerce en ligne, il est encore balbutiant et peu rentable, sauf le sexe, éternel créneau porteur. (*Libération*, 21.5.01.)

3. Dominique Lecourt, *L'Avenir du Progrès*, Conversations avec Philippe Petit, Textuel, 1997, p. 75.

totalitaire de recréer un homme nouveau en disqualifiant l'histoire ancienne.

Il n'est pas d'invention qui ne naisse dans la peur et le ravissement, ce dont témoigne depuis ses origines la science-fiction. Chacune éveille une foi et une terreur démesurées – la machine à vapeur, le chemin de fer, le télégraphe ont en leur temps suscité panégyrique et réquisitoire – jusqu'à ce qu'une nouvelle trouvaille mobilise les esprits, estompe peu à peu les vagues d'enthousiasme et d'épouvante laissées par la dernière. Mais l'on n'a jamais vu une technique se substituer à l'action, renforcer le lien social ou diminuer les inégalités. Pas plus que l'ordinateur dans les années 60, supposé, selon Jean-Jacques Servan-Schreiber, délivrer le tiers-monde en l'installant directement en phase post-industrielle, Internet ne sortira les « pays émergents » de l'indigence. Pour qu'il y ait avancée, il faut une décision politique, un acte de rupture, que les pays en question s'emparent de leur propre chef d'une découverte précise, nouveaux traitements médicaux, variétés de riz ou de plantes transgéniques, ordinateurs bon marché, et la mettent au service de leur développement comme le firent récemment le Brésil, l'Inde ou l'Afrique du Sud. Tout le reste est fadaise pour futurologues. Le Net n'a pas dit son dernier mot et l'on peut être sûr qu'il nous prodiguera encore d'autres merveilles. Mais attendre de lui qu'il tricote une seule famille humaine par l'intermédiaire des réseaux, pour reprendre une métaphore de McLuhan, est d'une naïveté proche de l'ineptie. Pour certains apôtres de la « nation numérique », quiconque objecte à leurs projets est renvoyé à l'obscurantisme, traité de dinosaure. La moindre nuance s'apparente à un blasphème, seule l'exaltation est autorisée. Il faut s'extasier ou périr. L'hystérie du nouveau – dont la tradition remonte au milieu du XIXe siècle – atteint chez eux des sommets. Dans leur volonté de coller à l'événement ou même de le devancer, ils manquent à la fois de sobriété et de sang-froid.

On n'a donc pas cessé de croire au progrès, on se méfie plus de lui, des transports amoureux de ses propagandistes. On s'en détourne comme d'une liaison qui ne surprend plus mais pour y retourner aussitôt dès qu'un nouveau mirage pointe à l'horizon. Le meilleur remède à ses maux, c'est encore un autre progrès qui corrigera les effets du précédent, un progrès désormais conçu comme une alliance avec le monde, mis au service de sa préservation et non plus de sa maîtrise. A l'homme soumis de la chrétienté, arrogant de la modernité, succède l'homme perplexe du siècle à venir.

L'improbable convergence

Nous le devinons maintenant: pas plus que le fossé Nord-Sud ne sera un jour comblé, il n'y aura redistribution équitable des fruits de la croissance, et moins encore niveau de vie décent pour une majorité de la population mondiale. La révolution industrielle, en détachant quelques nations du peloton des autres, a creusé une césure entre possédants et dépossédés. Quand on sait que l'écart entre la Suisse et le Mozambique est environ de

400 pour 1 (il était en 1800 de 5 à 1)[1], on ne voit pas comment il serait possible de rattraper un tel «retard». Ce qui n'a pas été accompli depuis deux siècles, malgré des conditions favorables, ne le sera pas plus demain, au moment où les dommages causés par le développement se multiplient, où de nouvelles raretés (énergie, air, eau) apparaissent.

L'aventure économique demeurera une carrière passionnante pour de nombreuses générations, des fortunes continueront à s'édifier, des trajectoires stupéfiantes propulseront les plus démunis au sommet, d'illustres inconnus, grâce à leur talent, se retrouveront du jour au lendemain à la tête d'un empire. Des nations florissantes sombreront, de petits pays dynamiques émergeront. Mais quels que soient les brassages, les ascensions spectaculaires des uns, la dégringolade des autres, il y aura toujours au grand festin capitaliste des vainqueurs et des vaincus. Quelques géants tireront leur épingle du jeu, Inde, Russie, Chine, en raison de leur génie et de leur poids propre. Mais ceux qui ont raté le train de la prospérité ont peu de chances d'y remonter un jour au moment où tant de pays, en Afrique et en Asie, s'enfoncent dans une spirale suicidaire, un processus d'autodestruction systématique. Il y aura peut-être des améliorations, les pauvres seront un peu moins pauvres mais ils seront plus nombreux. Fin de la mythologie du «Jackpot», d'une averse d'or qui arroserait indistinctement l'humanité : quoi que nous fassions, il y aura des réprouvés et des lésés. Le bel espoir d'une convergence, d'une Cocagne planétaire s'éloigne.

Ce qui menace de nos jours nombre de nations dans le Sud, c'est moins le néo-impérialisme que l'abandon pur et

1. David Landes, *Richesse et Pauvreté des nations*, *op. cit.*, p. 22.

simple. Puisque 70 % de l'économie mondiale se fait entre l'Europe, le Japon et les Etats-Unis, les pays riches ont de moins en moins besoin des pauvres pour s'enrichir : tant que ceux-ci ne les menacent pas, ils se moquent comme d'une guigne de leur développement. L'exploitation de l'homme par l'homme supposait au moins un lien d'appartenance fort entre le patron et ses employés, dessinait un espace de conflits, donc d'intérêts communs. Désormais, au malheur d'être exploité succède le malheur pire encore de n'être même plus exploitable. Ce qui est terrible pour de nombreuses catégories sociales comme pour de nombreux Etats, c'est moins la domination que le délaissement.

Il n'a jamais été prouvé que la richesse du Nord était due au pillage du Sud : le pillage existe mais il n'a jamais enrichi personne, l'Espagne impériale en est la preuve. L'opulence du Nord n'est due qu'à la mentalité de ses habitants, à leur travail, à cette religion de la transformation de la nature et de l'appât du gain qui a essaimé sur quelques continents. L'intolérable, en revanche, c'est la juxtaposition d'un Occident gavé et de nations faméliques à qui l'on a promis qu'elles rejoindraient bientôt l'Eldorado capitaliste à condition de se plier à quelques règles. Or, derrière ce discours universaliste sévit une logique de la partialité et du sacrifice. Les mêmes continuent à se tailler la part du lion alors qu'un discret gommage cantonne des milliards d'hommes au purgatoire. Le centre de gravité de l'économie mondiale n'est pas près de se déplacer !

Comment s'inviter à la table des nantis quand on est un petit peuple ? Par une réforme interne profonde en premier lieu, puisqu'il n'est pas de pays qui ne soit responsable de son destin. Mais aussi en refusant d'obéir aveuglément au nouvel évangile mondial : privatisation, déréglementation, libéralisation. Et surtout en s'assurant un pouvoir de rétorsion en cas de lâchage international, en sachant se rendre indispensable. Malheur à ceux qui ne disposent d'aucune sanction stratégique ou économique contre les grands du jour : l'Argentine en fait la cruelle expérience. C'est pourquoi il est naïf d'attendre du siècle qui vient un regain de paix et de fraternité. Chantage, menaces, intimidation continueront à prédominer. Il n'y a pas concordance des temps entre les différentes humanités qui se partagent cette planète et nous ne vivons pas aux mêmes époques. Mais nous sommes tous, grâce à la technique, à la communication, contemporains dans la rancune et l'envie. Les contrées riches ont bousculé les règles du jeu et créé une distance vexatoire vis-à-vis du reste du monde : le ressentiment à leur égard ne cessera pas de sitôt. Il y a un prix à payer pour être le premier de la classe.

## SAGESSE DE L'INCONFORT

En 1929, Sigmund Freud, échaudé par les tueries de 1914 décrit le « malaise dans la civilisation » comme le conflit inexpiable entre un individu rebelle à tout carcan et les restrictions que lui impose la société. Il en déduit l'impossibilité pour l'homme d'accéder au bonheur mais aussi de s'accommoder de la vie collective toujours répressive : la guerre entre un ego insurgé et un surmoi culpabilisant est sans fin. Peut-être faut-il donner au célèbre titre de Freud un sens positif et affirmer que le malaise seul est civilisateur, seul générateur d'attitudes contradictoires mais bénéfiques. Il reste la meilleure manière de se remettre en question, de manier le scalpel dans son propre cœur (l'autodérision est la dernière noblesse des classes moyennes, toujours guettées par la médiocrité et le conformisme). La critique sans fin que la modernité s'adresse à elle-même a ainsi deux versants : un de vigilance qui la retient de verser dans le contentement béat, un d'acrimonie qui dégénère souvent en haine de soi.

Dans la longue histoire de l'Eglise catholique, les théologiens eurent à combattre deux écueils également néfastes : le dégoût de la terre comme l'amour excessif des voluptés mondaines. A ces impasses, ils opposaient, à l'image de la nature duelle du Christ, un nécessaire rapport d'écartèlement : cette vie humaine est à la fois misérable et magnifique parce qu'elle constitue la première étape de la vie éternelle. Le croyant doit être au monde et hors du monde, diriger sa conduite ici-bas au nom des valeurs de l'au-delà. On peut laïciser ce geste fondateur et l'étendre au destin temporel de nos sociétés : tenir à distance l'optimisme comme le pessimisme, refuser l'idée d'une solution parfaite aux malheurs de l'homme autant que l'amertume et la désolation (Leszek Kolakowski). Entre désespoir et conviction aveugle, il est un autre chemin : celui d'un scepticisme actif qui sait reconnaître humblement nos limites sans abandonner pour autant toute volonté de réforme.

Tout homme parle aujourd'hui les langues de l'exaltation et de la méfiance. Ce n'est pas demain qu'un soupçon mortel cessera de peser sur nos réussites les plus éclatantes. Parce qu'il y a dans l'Europe tant d'époques de honte et d'horreur, parce qu'un fossé continue de se creuser entre nos principes et le cours des choses, nous n'avons pas le droit d'encenser bêtement notre culture telle qu'elle est. Mais il faut porter soupçon sur le soupçon, éviter les vertiges faciles de la dépréciation, la phobie paisible et ronronnante. Nous ne pouvons plus être dans l'apologie ou le dénigrement simpliste de notre système : là où il y a intention de rupture comme dans l'anticapitalisme actuel, il faut montrer la continuité, là où il y a adulation de l'ordre existant, il faut souligner les œillères, le piétinement de l'idéal dont on se réclame. La bonne conscience a deux visages : celle de l'être repu, satisfait de soi ; celle du révolté qui s'endort mécaniquement dans l'insulte et finit par devenir un rentier de la dénonciation.

Dans notre jugement sur l'époque, nous devons nous faire les défenseurs d'une double tradition : être les artisans du divorce autant que les artisans de la réconciliation, ne pas mettre fin à cette dissonance. Nous pouvons d'un même mouvement dire notre admiration pour la modernité capitaliste et notre déception, déclarer légitimes le consentement autant que la trahison. Jusque dans le sacrilège, il faut garder un semblant de gratitude vis-à-vis des valeurs qu'on pourfend ; jusque dans la délectation, il faut conserver une vigilance critique. Requis d'adopter une attitude contradictoire, nous devons cultiver la voie d'une affiliation attentive, à égale distance du nihilisme suicidaire et de l'autocélébration. La cupidité des uns, le dénuement des autres, les divergences d'intérêts, l'indifférence des puissants aux malheurs des déshérités nous contraignent de stigmatiser là où nous voudrions encenser. Mais au nom de ces inquiétudes légitimes, nous ne pouvons pas plus nous recroqueviller dans le défaitisme frivole, la complaisance à l'imprécation. Nous ne cessons de balancer entre réticence et allégresse : cet embarras, il faut le transformer en principe de conquête. A ne pas se cicatriser, notre inconfort garde à tout instant une chance de lucidité. « Si la hardiesse de tes entreprises m'en dérobe parfois l'atrocité, je suis toujours également confondu, soit que tes forfaits me glacent d'horreur, soit que tes vertus me transportent d'admiration » (Diderot, *Discours sur Raynal*, 1781).

Paradoxe des pays démocratiques : sembler plus déréglés, plus injustes que les autres, guettés par le crime, la solitude, la drogue alors que des nations oppressives, de par leur silence, paraissent harmonieuses. Car nos sociétés sont malades, à l'évidence ; mais leur force, c'est d'en être conscientes et de le dire, d'exhiber leurs plaies en public, de se flageller sans trêve. Cette attitude les sauve, les protège de la vraie faute qui est l'ignorance de son mal. En d'autres termes, être barbare, c'est se croire civilisé, rejeter les autres dans le néant. Alors qu'être civilisé, c'est se savoir barbare, connaître la fragilité des barrières qui nous séparent de notre propre ignominie et que le même monde porte en lui la possibilité de l'infamie et du sublime.

# Remerciements

Ce livre est le développement d'un article paru en janvier 2001 dans la revue *Esprit* sous le titre : « Y a-t-il une alternative au capitalisme ? » Je remercie Olivier Mongin et Joël Roman pour leur intérêt et leur compréhension.

# Table des encadrés

# Table des chapitres

## Deuxième partie

### LE NOUVEAU MESSIANISME COMMERCIAL



## Troisième partie

### LA RIPOSTE ET LE DÉTACHEMENT

DU MÊME AUTEUR

*Romans et récits*

LUNES DE FIEL, Éd. du Seuil, « Fiction et Cie », 1981 ; Points Roman n°75.

PARIAS, Éd. du Seuil, « Fiction et Cie », 1985 ; Points Roman n° 270.

LE PALAIS DES CLAQUES, Éd. du Seuil, Points-Virgule, 1986.

LE DIVIN ENFANT, Éd. du Seuil, 1992 ; Points Roman, 1994.

LES VOLEURS DE BEAUTÉ, Grasset, 1997 (Prix Renaudot).

LES OGRES ANONYMES, Grasset, 1998.

*Essais théoriques et critiques*

LE NOUVEAU DÉSORDRE AMOUREUX *(en collaboration avec Alain Finkielkraut)*, Éd. du Seuil, « Fiction et Cie », 1977 ; Points Actuels, 1979.

LE SANGLOT DE L'HOMME BLANC, Éd. du Seuil, « L'histoire immédiate », 1983 ; Points Actuels, 1986.

LA MÉLANCOLIE DÉMOCRATIQUE, Éd. du Seuil, « L'histoire immédiate », 1990 ; Points Actuels, 1992.

LA TENTATION DE L'INNOCENCE, Grasset, 1995 (Prix Médicis).

L'EUPHORIE PERPÉTUELLE. *Essai sur le devoir de bonheur*, Grasset, 2000.

Composition réalisée par Chesteroc Ltd

IMPRIMÉ EN ESPAGNE PAR LIBERDUPLEX
Barcelone
Librairie Générale Française - 43, quai de Grenelle - 75015 Paris
Dépôt légal Édit. : 41211-02/2004

ISBN : 2-253-06772-5

30/3035/0